AF595508

PAPIER
FRESSERCHEN
MTM-VERLAG
DIE BÜCHER MIT DEM DRACHEN

Impressum:

Alle weiteren Personen und Handlungen des Buches sind frei erfunden.
Ähnlichkeiten mit lebenden oder verstorbenen Personen sind
zufällig und nicht beabsichtigt.

Besuchen Sie uns im Internet:
www.papierfresserchen.de

Mühlstraße 10, 88085 Langenargen
Telefon: 08382/90903446
info@papierfresserchen.de

Erstauflage 2016

Lektorat: Melanie Wittmann
Herstellung: Redaktions- und Literaturbüro MTM
www.literaturredaktion.de
Illustration: © ryanking999 – fotolia.de lizenziert

Gedruckt in der EU

ISBN 978-3-86196-594-7 – Taschenbuch

Julia Thurm

Der Moment, der alles änderte

Ein New Yorker Jugendkrimi

Dieses Buch widme ich meiner Familie und all denen, die genau wissen, was es heißt, mit Momenten fertigzuwerden, die alles ändern.

Ich hoffe diese Geschichte gibt dir die Kraft und die Hoffnung, nicht aufzugeben, auch wenn es aussichtslos scheint. Und vergiss nie, dass du nicht alleine bist.

1

Eine Horde von Journalisten, Fernsehteams und Fotografen wartet darauf, dass wir den Internationalen Gerichtshof von New York verlassen. Doch nur mir stellen sie Fragen wie „Glauben Sie, die Strafe ist gerecht?“ oder „Wie verkraften Sie das alles?“. Sogar den Kommentar „Wie können Sie mit dem Gedanken leben, jemanden umgebracht zu haben?“ konnte sich jemand nicht verkneifen.

Christin bemerkt, dass mir diese Aufmerksamkeit unangenehm ist, und geht dazwischen: „Keine Fragen!“

Blitzlichtgewitter erschwert mir den Gang zum Wagen. Journalisten drängeln. Meine Freunde versuchen, den Weg frei zu machen. Erst als ich im Auto sitze, begreife ich, dass wir das Schlimmste überstanden haben ...

Mein Name ist Katie Smith.

Ich war damals 14 und lebte zusammen mit meiner 25-jährigen Schwester Christin in New York. Allerdings nicht in Manhattan. Dort gab es nämlich keine preiswerten Wohnungen oder Häuser, die wir uns hätten leisten können. Wir lebten in der Bronx, in der 458 East 146th Street. Ganz in der Nähe des Saint Mary's Recreation Centers, das vom sogenannten Saint Mary's Park umgeben wird. Wir hatten ein echt großes und ziemlich cooles Haus. Ach ja, und einen Hund hatten wir auch. Er hieß Spike und war ein kleiner braun-weißer Jack Russell Terrier, der mir aufs Wort gehorchte.

Wieso ich bei meiner Schwester lebte? Na ja, das hatte einen bestimmten Grund: Unsere Eltern waren bei einem Autounfall gestorben. Meine Schwester war damals fünfzehn und ich vier Jahre alt gewesen. Doch das Schlimmste war, dass wir bei diesem Unfall dabei waren. Der Arzt hatte gesagt, es sei ein Wunder, dass meine Schwester und ich überlebt hätten.

Danach hatten wir bei unserer Tante Grace in Boston gewohnt, die sehr viel Verständnis für unsere Situation aufbrachte. Als meine Schwester 21 geworden war, zog sie wieder nach New York, und von da an war sie für mich verantwortlich.

Ich habe gezwungenermaßen an eine andere Schule gewechselt und wurde dort zu einer der schlimmsten Schülerinnen. Nein, wenn man es genau nimmt, wurde ich DAS schlimmste Mädchen der Schule. Freunde hatte ich eigentlich keine, denn ich machte mir jeden zum Feind. Aber einen festen Freund hatte ich trotzdem. Er hieß Drake, war sechzehn und ich war ein halbes Jahr mit ihm zusammen. Ich weiß allerdings nicht, ob man das die erste große Liebe nennen kann. Es war alles etwas seltsam zwischen uns.

2

Piep ... piep ... piep ... Der Wecker klingelte.

„Nein, nicht schon wieder Montag“, war mein erster Gedanke.

Als ich nach einer halben Stunde noch immer nicht aufgestanden war, kam meine Schwester ins Zimmer. Sie versuchte mich aus dem Bett zu bekommen, und das sage und schreibe eine Viertelstunde lang, bis ich endlich gequält aufstand. Emos sind nun mal keine Freunde des frühen Aufstehens und wir meiden gerne das Tageslicht. Das ist eben so, aber zur Schule musste ich, ob ich wollte oder nicht. Ich drehte die Stereoanlage auf, zog mich an und schminkte mich, packte meine Sachen ein und trödelte langsam die Treppen hinunter. Ich hörte meine Schwester rufen, dass ich mich beeilen solle, aber das war mir egal.

Ich schrie bloß zurück: „Ja, ich komme ja schon! Außerdem ist es mir sowieso egal, ob ich zu spät bin!“

„Mir aber nicht!“, gab meine Schwester zurück, und zwar in einem Ton, der auf mich doch etwas beängstigend wirkte.

Während ich noch im Bett gelegen hatte, hatte sich Christin um alles gekümmert. Sie war sogar schon mit Spike Gassi gewesen und hatte ihn gefüttert. Normalerweise war das meine Aufgabe. Aber wie so oft erfüllte ich meine Pflichten nicht. Wir setzten uns ins Auto und Christin fuhr mich zur Schule. Zur *North High School.* Als wir ankamen, waren alle Schüler schon in ihren Klassen.

Kurz bevor ich ausstieg, sagte meine Schwester noch zu mir: „Pass auf dich auf und stell bitte nichts mehr an. Ich will nicht noch mal zum Rektor müssen.“

„Ja, ja“, antwortete ich mit genervtem Blick und stieg aus.

In meiner Schule sah es aus, als wäre der dritte Weltkrieg ausgebrochen: Graffitis zierten die Wände, die teilweise wüste Beleidigungen den Lehrern gegenüber enthielten, zerstörte Spinde und eine bröckelnde Fassade machten das Bild komplett. Na ja, aber so sah es hier jeden Tag aus, eine Mischung aus Harlem und Gefängnis. Dementsprechend war die Stimmung.

Als ich ins Klassenzimmer kam, erwartete mich der Lehrer bereits. „Da bist du ja endlich“, begrüßte er mich. Ach ja, er hieß Mr White, meiner Meinung nach ein ziemlich unpassender Name für einen Afroamerikaner. Er hatte einmal erzählt, dass seine Großeltern aus Afrika stammten.

Ich setzte mich auf meinen Platz, ohne ein Wort zu sagen. Mr White schrieb unser nächstes Geschichtsthema an die Tafel:

Die Präsidenten der Vereinigten Staaten von Amerika.

„Wow, wie spannend!“, entfuhr es mir genervt.

Während alle anderen darüber lachten, sah Mr White mich streng an und drohte: „Wenn du willst, Ms Smith, kannst du gleich dem Rektor einen Besuch abstatten.“

„Ist ja gut, ich bin schon still“, raunte ich überrascht. Normalerweise ignorierte der Geschichtslehrer meine Kommentare.

Nach einer absolut langweiligen Stunde (man möchte gar nicht glauben, wie langsam die Zeit vergehen kann) ging ich, in Gedanken schlummernd im Bett liegend, zu meinem Spind mit der Nummer 210.

Als ich meine Geschichtsbücher hineinräumte, tauchte hinter mir mein Freund Drake auf. Er begrüßte mich mit einem langen Kuss. „Hey, wie geht's, wo warst du vorher?“, fragte er mit freundlicher, doch gleichzeitig besorgter Stimme.

Drake hatte braune, etwas längere Haare und ich liebte es, wenn er sie zur Seite schüttelte, damit sie richtig saßen. Außerdem war er ziemlich groß und hatte wunderschöne braune Augen, und wenn er lächelte, bekam er ein süßes Grübchen auf seiner rechten Backe.

„Ich hab verschlafen, tut mir leid“, murmelte ich mit schlechtem Gewissen.

„Schon okay, was machst du heute Abend?“, wechselte er geschickt das Thema.

„Keine Ahnung, ich dachte, ich helfe meiner Schwester, Bewerbungen zu schreiben. Du weißt doch, dass sie seit vier Monaten arbeitslos ist und wir noch die Raten für das Auto und das Haus abbezahlen müssen.“

Christin war Journalistin bei der New York Times gewesen, bis sie sich beschwerte, dass sie zu viel Arbeit habe und zu wenig Geld verdiene. Danach hatte man sie entlassen.

„Okay, ich hol dich um sieben ab. Mit ein paar Freunden. Bis später." Dann war Drake wieder verschwunden.

Hatte er mir überhaupt zugehört? Eher nicht, er schien in Gedanken woanders zu sein. Aber egal, damit konnte ich mich nun nicht beschäftigen, denn es klingelte und ich musste zur nächsten Stunde.

Ich hatte Mathe. Wie ich diesen Unterricht hasste. Allerdings machte es keinen großen Unterschied, weil ich eigentlich ausnahmslos alle Fächer verachtete. Ich ging nur zur Schule, um ein paar Streiche zu spielen, natürlich wegen meines Freundes, aber auch, weil ich zu Hause nichts zu tun hätte und mir langweilig wäre.

Ich setzte mich ganz nach hinten, um hundertprozentig nichts mitzubekommen. Während der gesamten Mathestunde langweilte ich mich zu Tode. Als ich aus dem Fenster sah, entdeckte ich etwas, das mir nicht besonders gut gefiel. Ein rothaariges Mädchen flirtete sehr offensichtlich mit meinem Freund Drake und dieser hatte sichtlich Spaß dabei. Ich spürte, wie die Wut in mir hochkroch.

„Das gibt Rache", schwor ich mir selbst in Gedanken. „Niemand nimmt mir meinen Freund weg!"

Jede Schülerin hier wusste, dass er mit mir zusammen war. Er war einer der beliebtesten Jungs der Schule. Ich merkte mir das Gesicht des unbekannten rothaarigen Mädchens und konnte während der ganzen Mathestunde nur daran denken, wie ich diese Schlange fertigmachen würde. Na gut, ich gebe zu, dass ich mich auch davor nicht gerade für Mathe zu begeistern versuchte.

Nachdem es endlich geklingelt hatte, machte ich mich umgehend auf die Suche nach dem rothaarigen Mädchen und wurde tatsächlich ziemlich schnell fündig. Die Tussi stand vor ihrem Spind und fischte Bücher heraus.

„Dann spreche ich sie mal an", dachte ich und tippte ihr auf die Schulter. Sie drehte sich zu mir um. „Hey ... ähm ... hör mal, ich hab vorher ganz zufällig gesehen, wie du dich an meinen Freund rangemacht hast. Oder war das etwa keine Absicht? Auf jeden Fall fände ich es gut, wenn du dich bei mir entschuldigen würdest." Ich hoffte für sie, dass es keine Absicht gewesen war, sonst würde ich sie in Kleinholz verwandeln, dieses arrogante Miststück.

Nachdem sie seelenruhig ihre Nägel überprüft hatte, blickte sie mich arrogant an und meinte: „Nein, nein, das war schon Absicht. Ich angle mir, wen ich will und wann ich will. Dass ich mich bei jemandem wie dir entschuldige, wird nicht mal in deinen Träumen passieren. Nicht mal bei deiner Mutter würde ich mich entschuldigen, ganz besonders nicht, wenn sie genauso hässlich ist wie du."

Ich konnte es nicht fassen. Diese miese Kuh kannte meine Mutter noch nicht mal und nannte sie und mich hässlich. Die Wut kochte in mir hoch. Ich versuchte trotzdem ruhig zu bleiben. „Wie hast du meine Mutter und mich gerade genannt?"

„Deine Mutter ist genauso hässlich wie du, hast du's jetzt geschnallt?", schleuderte sie mir hämisch entgegen.

Jetzt hatte ich mich nicht mehr unter Kontrolle. Ich schlug ohne Vorwarnung zu, als meine Kontrahentin auf dem Boden lag, trat ich auf sie ein. „DU MISTSTÜCK!!!", beschimpfte ich sie immer wieder. Erneut schlug ich wie von Sinnen auf sie ein.

Doch plötzlich packten mich zwei starke Hände und zogen mich weg. Sie gehörten zu meinem Geschichtslehrer Mr White. Immer noch vor Wut zitternd, stand ich hinter ihm und musste mit ansehen, wie er meiner rothaarigen Gegnerin aufhalf. Sie hatte eine Platzwunde auf der Stirn und eine blutige Nase. Aber sonst war ihr wohl nicht mehr passiert (wie schade). Ich wollte erneut auf das rote Gift losgehen, aber Mr White hielt mich fest.

Völlig schockiert darüber, dass ich sie angegriffen hatte, ging sie mit ein paar Leuten, die ihr zu Hilfe geeilt waren, zur Krankenschwester.

Während mich Mr White zum Rektor schleppte, erklärte er mir, wie enttäuscht er von mir wäre und dass er gedacht hätte, ich hätte mich geändert.

Er spielte auf einen Vorfall an, der sich einen Monat zuvor ereignet hatte, damals war ich schon einmal so ausgetickt. Ich hatte meine Englischlehrerin mit einem Buch geschlagen, weil sie mir eine Sechs gegeben hatte, ich aber eigentlich eine Fünf verdient gehabt hätte. Der Rektor, der Mr Conner hieß, hatte mich deswegen zu sechs Wochen gemeinnütziger Arbeit verdonnert, die ich noch nicht mal vollständig abgearbeitet hatte, und gedroht, falls so etwas noch mal vorkäme, würde er mich von der Schule werfen.

Ich setzte mich wartend auf einen Stuhl vor Mr Conners Tür, auf dem ich jedes Mal Platz nahm, wenn ich etwas angestellt hatte. Das kam ungefähr dreimal pro Woche vor.

Mr White klopfte an die Bürotür des Rektors, und kurz bevor er diese hinter sich schloss, drehte er sich zu mir um. „Warte hier, ich will nichts hören, bis wir dich hohlen."

Ich nickte brav. Anschließend wippte ich nervös auf meinem Stuhl hin und her. Wie ich das Gefühl hasste, auf mein Urteil warten zu müssen.

Nach ungefähr zwanzig Minuten bat mich Mr White in das Rektorenzimmer. Ich setzte mich auf den Stuhl vor Mr Conners Schreibtisch, der mich mit ernstem Blick musterte, als wäre ich der Staatsfeind Nummer eins. Mr White schloss die Tür und stellte sich direkt hinter mich. Für einen Moment herrschte Stille.

Doch dann ergriff der Rektor das Wort. „Katie, Katie, Katie! Was soll ich bloß mit dir machen? Wieso schlägst du ein Mädchen, das dir nichts getan hat?"

„Das ist so nicht richtig, Mr Conner ..." Noch ehe ich den Satz beenden konnte, kam meine Schwester zur Tür herein. Sie versuchte sich nichts anmerken zu lassen, aber ich erkannte an ihrem Blick, wie wütend sie auf mich war.

„Ah, Ms Smith, schön, dass Sie kommen konnten", begrüßte der Rektor sie fast schon erleichtert.

„Was hat sie denn diesmal angestellt?", wollte Christin ohne Umschweife wissen.

„Nun ja, Ihre Schwester hat ein Mädchen verprügelt und auf es eingetreten, wie mir von Mr White berichtet wurde. Nun hat das Mädchen eine Platzwunde an der Stirn und wahrscheinlich eine gebrochene Nase, wie die Krankenschwester mir per Telefon mitteilte."

Christin schien entsetzt zu sein, eine solche Brutalität hatte sie mir offensichtlich nicht zugetraut. Sie stammelte schockiert: „Oh

Gott, das … das tut mir leid. Ich muss mich für das … das Verhalten meiner … Schwester entschuldigen."

„Aber das stimmt so nicht ganz …", wollte ich erneut meine Erklärung dazwischenschieben, doch wieder wurde ich unterbrochen. Diesmal von Mr Conner.

„Ich will deine Ausreden nicht hören, Katie. Ich hatte dir das letzte Mal schon gesagt, dass ich dich der Schule verweisen werde, wenn du noch mal so außer Kontrolle gerätst."

„Aber Sie können mich nicht von der Schule werfen!"

„Doch, Katie, das kann ich. Ich hatte dich gewarnt!"

„Ich bin nicht schuld an dieser Sache. Dieses rothaarige Miststück, ich meine Mädchen, hat meine …"

„Jetzt ist Schluss, Katie!", ging meine Schwester dazwischen.

„Es ist sowieso egal. Ich kann es ohnehin nicht mehr ändern, oder?", gab ich resigniert klein bei.

„Ganz genau, Katie. Es tut mir leid, aber du bist offiziell der Schule verwiesen. Würdest du bitte den Raum verlassen, damit ich noch ein paar Dinge mit deiner Schwester klären kann?"

„Ja, Mr Conner", murmelte ich enttäuscht. Ich verließ gemeinsam mit Mr White den Raum, der sich anschließend höflich von mir verabschiedete und davonging. Wieder setzte ich mich auf den Stuhl. Wieso war ich immer so unglaublich wütend? Eine Frage, die ich oft gestellt bekam und auf die ich keine Antwort wusste.

Nun hatte ich es also geschafft, von der Schule zu fliegen, und während ich dasaß und mir vorstellte, was zu Hause los sein würde, schoss mir durch den Kopf, dass ich nicht das Mädchen, sondern Drake auf die Sache hätte ansprechen sollen. Aber er hätte mir sowieso nicht zugehört, genauso wie vorhin.

Ich war immer noch in diese Gedanken versunken, als sich die Tür öffnete und meine Schwester herauskam. Ohne ein Wort zu sagen, folgte ich ihr zum Auto. Während der ganzen Fahrt sprachen wir kein Wort miteinander. Als wir zu Hause ankamen, stieg Christin aus, ohne mich anzusehen oder Notiz von mir zu nehmen. Ich wusste, sie war enttäuscht von mir. Seit unsere Eltern gestorben waren, hatte sich unser Verhältnis ohnehin komplett verändert.

Als sie die Haustür öffnete, sprang mir Spike entgegen. Sobald ich ihn ausgiebig begrüßt hatte, fing ich an, mich zu entschuldigen.

„Ich weiß, dass du enttäuscht von mir bist. Ich weiß auch, dass ich jetzt Hausarrest bekommen werde und dass ich es nicht gutmachen kann. Trotzdem tut es mir leid."

„Was hast du dir dabei nur gedacht, Katie? Ich meine, obwohl man weiß, dass man mit einem Fuß schon vor der Schultür steht, baut man so einen Mist? Aber ich weiß auch, dass du das Mädchen nicht ohne Grund geschlagen hast. Denn das tust du nicht. Meistens jedenfalls. Also, lass mich raten, es hatte was mit Drake zu tun, stimmt's?"

Ich senkte den Kopf, weil sie mich ertappt hatte. „Nun ja ... ich ... ja, es hatte was mit Drake zu tun."

„Mach Schluss mit ihm. Er nutzt dich bloß aus. Das hab ich dir schon so oft gesagt und irgendwann wirst du merken, dass ich recht hatte." Sie wandte sich niedergeschlagen von mir ab, steuerte auf die Treppe zu, drehte sich noch einmal zu mir um und sagte: „Ach ja, das mit der neuen Schule ... diesmal suche ich sie aus." Ich blickte auf, gerade als ich etwas erwidern wollte, fügte meine Schwester hinzu: „Und nein, du hast keinen Hausarrest."

Ich grinste.

Am Abend holte mich Drake mit ein paar Freunden ab, die ich eigentlich gar nicht kannte. Als wir in den verlassenen Mullaly Skate Park an der 40 East 164th Street gingen, der sich in der Nähe des Yankee Stadiums befand, und uns unter eine Straßenlaterne setzten, holten Drake und seine Freunde Flaschen aus einer Tonne hervor. Etwas anderes gab es im Moment auch nicht zu sehen. Alle Skate-rampen waren abmontiert worden und sollten bald durch neue ersetzt werden. So hatte es als Kurznotiz vor einer Woche im *New York Magazine* gestanden. Dies hatte unter den Skatern für ein wenig Unruhe gesorgt, da sie den Park so lange nicht benutzen konnten.

„Ist das Alkohol?", fragte ich Drake und deutete auf die Flaschen.

„Ja. Ziemlich cool, was? Den haben wir nach der Schule besorgt."

Ich war normalerweise stets für das Brechen von Regeln, aber irgendwie fand ich es sehr gefährlich, in der Öffentlichkeit Alkohol zu trinken. Es konnten schließlich Polizisten vorbeikommen. Hätte ich mich darum gekümmert, wäre das Ganze besser organisiert gewesen. Zudem war Montag, deswegen gab ich zu bedenken: „Ist es wirklich sinnvoll, sich abends zu betrinken, wenn man am nächsten Morgen Schule hat? Und was ist, wenn uns jemand erwischt?"

„Wieso interessiert dich das? Du gehst doch sowieso nicht mehr zur Schule und uns erwischt garantiert keiner", wiegelte Drake meinen Einwand ab.

„Woher weißt du, dass ich nicht mehr zur Schule gehe?", fragte ich ihn spitz, denn ich hatte den Zwischenfall in der Schule und meine anschließende Unterhaltung mit dem Rektor mit keinem Wort erwähnt.

„Amy hat es mir erzählt."

„Amy?" Verwirrt sah ich ihn an. Dann machte es plötzlich *klick*. „Warte mal ... ist Amy dieses rothaarige Miststück?", stieß ich wütend und enttäuscht hervor.

„Rote Haare hat sie, aber sie ist kein Miststück." Drake bemerkte meinen entsetzten Blick und fügte beschwichtigend hinzu: „Keine Angst, wir sind nur Freunde, mehr ist da nicht."

„Wirklich?", entgegnete ich misstrauisch. „Hast du sie heute nach der Schule noch mal gesehen?"

„Ja, aber nur ganz kurz. Sie fühlte sich nicht gut, weil sie einen Fahrradunfall hatte."

„Einen Fahrradunfall?", wiederholte ich überrascht.

„Ja, sie hat eine Platzwunde und eine gebrochene Nase. Als ich sie danach gefragt habe, sagte sie, die Verletzungen stammten von einem Fahrradunfall."

Nach einem kurzen unangenehmen Schweigen meinte ich schließlich: „Ich geh jetzt besser. Muss noch was erledigen."

Es hatte Drake noch nicht mal interessiert, wieso ich von der Schule geflogen war. Er war viel zu sehr damit beschäftigt, sich mit seinen *Kumpels* volllaufen zu lassen. Doch den Gedanken, mit ihm Schluss zu machen, verdrängte ich sofort.

3

Eine Woche war nun seit meinem Rauswurf vergangen, und wie ich feststellen musste, hatte nicht zur Schule gehen zu müssen erstaunlich wenige Vorteile. Die Tage vergingen extrem langsam und Langeweile war vorprogrammiert.

Ich saß gerade auf meinem Bett am Fenster und spielte mit Spike, die Sonne schien und warme Luft drang von draußen herein, als meine Schwester klopfte und mein Zimmer betrat. Sie sah völlig erschöpft aus. Ich nahm an, dass sie gerade kochte, denn es war unheimlich laut in der Küche gewesen. Christin war keine besonders gute Köchin, sie war jedes Mal überfordert mit der Situation und wirkte nach jedem Essen, das sie gekocht hatte, als wäre sie einen Marathon mitgelaufen.

„Könntest du mir einen Gefallen tun?“, fragte sie mich schwer atmend.

„Was denn?“, gab ich neugierig zurück.

„Könntest du auf den Dachboden gehen und mir den alten Mixer holen? Mit dem neuen komm ich nicht zurecht ...“

„Muss das sein? Du kommst doch sowieso mit keinem Küchengerät klar“, erwiderte ich schadenfroh.

„Sei so nett, okay?“, bat sie mich noch einmal, beinahe schon zu freundlich.

Genervt seufzte ich und machte mich auf den Weg zum Dachboden. Dort oben war sehr lange keiner mehr gewesen, sodass es nun so staubig war wie in den alten unheimlichen Schlössern aus irgendwelchen Horrorfilmen. Aber ich überwand mich, ging die Treppe hoch und öffnete die Dachbodentür. Wir hatten ziemlich viel Zeug da oben rumstehen, also musste ich den Mixer erst mal suchen und das dauerte. Plötzlich fiel eine Kiste hinter mir um, die Spike, der mir auf den Dachboden gefolgt war, umgeworfen hatte.

„Musst du eigentlich immer irgendetwas umwerfen?“, murmelte ich genervt.

Als ich die Kiste aufhob, entdeckte ich einige Fotos, die ich noch nie zuvor gesehen hatte. Sie zeigten meine Eltern auf diversen Partys und Galas. Diese Feiern hatten wahrscheinlich etwas mit dem Beruf meines Vaters zu tun, von dem ich nicht wusste, was er gearbeitet hatte. Ein Bild war besonders interessant. Es zeigte meine Eltern mit einem mir völlig fremden Mann. Ich kannte die meisten Freunde von Mum und Dad, da sie früher oft zu Besuch gewesen waren, doch diesen Mann hatte ich noch nie gesehen. Er war lediglich auf diesem einen Foto abgebildet. Als ich es umdrehte, klebte auf der Rückseite eine Kette, die mit Tesa befestigt worden war. Ich legte das Bild zur Seite und packte die anderen zurück in die Kiste.

Nach einer Weile hatte ich den Mixer gefunden, nahm ihn sowie das Foto und ging mit Spike wieder nach unten. Dabei grübelte ich unentwegt. Wer war dieser fremde Mann? Und was war das für eine Kette?

Als ich geradewegs in die Küche laufen wollte, kam mir meine Schwester auf halber Strecke entgegen. Schnell versteckte ich das Foto hinter meinem Rücken.

„Na endlich, ich dachte schon, dass du dich da oben verlaufen hättest. Ich habe schon überlegt, ob ich nicht einen Suchtrupp losschicken soll“, scherzte Christin.

„Haha, das nächste Mal kannst du selbst gehen, wenn ich dir zu lange brauche“, verteidigte ich mich und drückte ihr den Mixer in die Hände.

Sie verzog genervt das Gesicht, bevor sie die Treppe wieder hinuntereilte und ich mich in mein Zimmer begab. Ich schloss die Tür hinter mir und setzte mich auf mein Bett, während ich immer noch fieberhaft überlegte, ob ich diesen seltsamen Mann vielleicht nicht doch schon einmal gesehen hatte. Aber Fehlanzeige, ich kannte ihn definitiv nicht. Erneut drehte ich das Foto um und entfernte die Kette. Wie lange sie da wohl schon klebte?

Die Kette war aus Leder, der runde silberne Anhänger hatte ein Loch in der Mitte. Als ich ihn mir genauer ansah, entdeckte ich, dass auf der Oberfläche etwas eingraviert worden war.

CHPFFRBSLNY.

„Was soll das denn heißen?“, raunte ich grübelnd.

Nachdem ich mir eine Weile den Kopf zerbrochen hatte und zu keinem Ergebnis gekommen war, beschloss ich, die Sache zunächst ruhen zu lassen. Seufzend legte ich Foto und Halskette in eine Schublade meines Nachttischchens, verließ mein Zimmer und ging in die Küche zu meiner Schwester.

„Mal schauen, wie sie sich anstellt“, dachte ich grinsend.

4

Als es draußen noch dunkel war, wachte ich auf. Sofort fielen mir das Foto und die Halskette ein. Unruhig und grübelnd wälzte ich mich im Bett hin und her, bevor ich verschlafen einen Blick auf den Wecker warf: Es war erst vier Uhr. Ich öffnete die erste Schublade meines kleinen Nachtschränkchens und holte meinen Fund vom Vortag heraus.

Wieder stellte ich mir die gleichen Fragen: Wer war dieser Mann auf dem Foto? Wieso hing die Kette daran und was sollte *CHPFFRBSLNY* bedeuten? War das ein Code für ein geheimes Schließfach oder die Abkürzung eines Namens oder einer Firma, die die Kette hergestellt hatte? „Das wäre aber ein ziemlich langer Name“, dachte ich ironisch.

Immer wieder wälzte ich die gleichen Fragen in meinem Kopf hin und her, doch nach einer Weile schlief ich über diesen Gedanken erneut ein.

Als ich ein paar Stunden später, etwa um neun Uhr, auf dem Bauch liegend erwachte, fiel mein Blick sofort auf die offen stehende Schublade. Dann der kurze, aber wirkungsvolle Schock: Das Foto und die Kette waren verschwunden!

Als ich hektisch aufstehen wollte, um danach zu suchen, bemerkte ich, dass ich Kette und Foto unter mir begraben und seelenruhig darauf geschlafen hatte. „Puh, und ich dachte schon ...“, entfuhr es mir erleichtert. Vorsichtig legte ich meine Fundstücke zurück in die Schublade, zog mich an und ging in die Küche, um zu frühstücken.

Meine Schwester schien ebenfalls gerade erst aufgestanden zu sein. „Morgen, na, gut geschlafen?“, begrüßte sie mich gut gelaunt.

„Ja, ganz okay, und du?“, brummelte ich ihr entgegen.

„Sehr gut sogar“, strahlte sie. Schon seltsam, dass meine Schwester um neun Uhr morgens so gute Laune hatte. Nun kam auch

Spike und begrüßte mich mit viel Hundegesabber und freudigem Schwanzwedeln. Als ich mir einen Schokotoast machte und die Milch aus dem Kühlschrank holte, roch es plötzlich ziemlich seltsam.

„Igitt! Was ist das denn?“, fragte ich Christin geschockt.

Meine Schwester lief zum Kühlschrank. „Ach, das ist der Fruchtcocktail, den ich gestern gemixt habe.“

„Was ist denn da alles drin?“ Angewidert rümpfte ich die Nase.

„Alles Mögliche“, antwortete Christin ausweichend.

„Ja, so riecht es und sieht es aus“, meinte ich, als ob ich die Antwort meiner Schwester schon erwartet hätte. Ich schüttelte den Kopf, nahm die Milch und schüttete sie in ein Glas.

Da legte meine Schwester plötzlich etwas Papierenes auf den Tisch, das ich nur aus den Augenwinkeln wahrnahm. „Was ist das?“, fragte ich neugierig.

„Eine Broschüre deiner neuen Schule.“

„Was?!“ Völlig überrumpelt starrte ich auf den Prospekt. Die *New Yorker Friedensschule*, eine Schule für Problemkinder, stand ganz oben.

„Ich hab schon angerufen und ab morgen besuchst du dort den Unterricht“, teilte mir Christin mit.

„Was, ab morgen schon? Was soll das überhaupt? Ich bin doch kein Problemkind!“, widersprach ich.

„Keine Diskussion! Außerdem hätte dich keine andere Schule mehr aufgenommen. Du weißt selbst am besten, was du angestellt hast, dass ich dich nun auf so eine Schule schicke.“

„Vergiss es, da geh ich nicht hin!“

Doch Christin reagierte nicht mehr darauf, sondern wechselte das Thema. „Nach dem Frühstück gehst du bitte mit Spike Gassi.“

Ich wollte noch einmal zu protestieren anfangen, unterließ es aber, als ich den entschlossenen, keinen weiteren Widerspruch duldenden Gesichtsausdruck meiner Schwester bemerkte. „Ja, mache ich“, murmelte ich stattdessen genervt und wandte mich meinem Frühstück zu.

Wie immer waren Spike und ich auf dem Weg zum Saint Mary's Park, der nicht weit von zu Hause entfernt lag. Aus purer Neugier machte ich einen kleinen Umweg an meiner alten Schule vorbei, in der Hoffnung, vielleicht Drake über den Weg zu laufen. Was eigentlich ziemlich unwahrscheinlich war, denn es war 10.15 Uhr und Mittagspause war erst um 12.10 Uhr. Also spazierte ich weiter in Richtung Park, wo ich Spike auf der Hundewiese von der Leine nahm und mit ihm Fangen und Hol-das-Stöckchen spielte. Wir waren beinahe völlig alleine, denn vormittags war hier noch nicht viel los.

Nach zwei Stunden intensiven Spielens und Kuschelns wurde es Zeit, nach Hause zu gehen. Wieder machte ich den Umweg an meiner alten Schule vorbei. Ich wusste nicht genau, was ich mir davon erhoffte, aber ich hatte so ein Gefühl, dass es richtig war, diesen Weg zu nehmen. Immerhin war es jetzt 12.06 Uhr. Also, warum nicht?

Kurz vor dem Schulgelände blieb ich stehen. Nachdem ich einige Minuten vor mich hin starrend dort verweilt hatte, wollte ich weitergehen. Doch dann entdeckte ich das, was ich zu sehen gehofft hatte: Drake. Mich ihm nähern durfte ich nicht, denn es war mir nicht erlaubt, das Schulgelände zu betreten. Aber seit wann hielt ich mich an Regeln?

Als ich gerade auf ihn zusteuern wollte, sah ich das, was ich nicht zu sehen gehofft hatte: Amy. Sie stolzierte auf Drake zu und fing an, ihn zu bequatschen. Doch das war nicht alles, denn plötzlich hielten die beiden Händchen und küssten sich innig.

Autsch! Das tat weh.

„Nur Freunde ... Alles klar“, murmelte ich verletzt. Das war zu viel für mich. Ich hastete weiter, immer noch völlig geschockt von dem, was ich eben gesehen hatte.

Als ich zu Hause angekommen war, bemerkte ich, dass meine Schwester nicht da war. Am Kühlschrank hing ein gelber Zettel.

Bin bei einem Bewerbungsgespräch. Komme in etwa einer Stunde wieder.

Die Arme! Sie hatte schon so viele Absagen bekommen und gab trotzdem nicht auf. Wenn das mal kein Arbeitswille war!

Ich setzte mich auf die Couch und schaltete den Fernseher ein. Spike legte sich zu mir und schmiegte sich an mich.

„Komisch, das machst du doch normalerweise nur abends, Spike", meinte ich ziemlich verwundert. Wahrscheinlich merkte er, dass mich die Sache mit Drake und Amy doch ziemlich mitgenommen hatte, und wollte mich trösten.

Ich zappte mit der Fernbedienung durch einige Sender, bis ich bei CNN landete. Dort lief gerade ein Bericht von der Wall Street, wie es um den Börsenmarkt stand. Doch das interessierte mich nicht, ich war in andere Gedanken vertieft. Mir fiel auf, dass ich zum ersten Mal in meinem Leben keinerlei Emotionen gezeigt hatte, obwohl ich sonst ständig wütend war und schnell ausrastete. Jedenfalls war dies seit dem Unfall, bei dem meine Eltern gestorben waren, so gewesen.

Damals, vor etwa zehn Jahren an einem sonnigen Sommertag, spielten meine Schwester und ich im Saint Mary's Park ausgelassen miteinander. Wir hatten sehr viel Spaß. Irgendwann rief meine Mom auf Christins Handy an und forderte uns auf, nach Hause zu kommen, da es schon spät wäre. Wir packten unsere Sachen zusammen, und da es nicht weit war, brauchten wir nicht lange für den Weg.

Es war ein völlig normaler Tag. Wir aßen alle gemeinsam zu Abend, danach durften Christin und ich noch ein wenig fernsehen.

Um 20 Uhr brachte mich Mom ins Bett und sagte zu mir: „Schlaf jetzt schön, mein Schatz, denn morgen machen wir zusammen einen Ausflug und dafür musst du ausgeruht sein. Okay?" Sie gab mir einen Gutenachtkuss und verließ das Zimmer.

Kurz darauf war ich auch schon eingeschlafen.

Am nächsten Morgen erwachte ich sehr aufgeregt, denn der versprochene Ausflug sollte nach Philadelphia gehen, wo wir mit Delfinen schwimmen würden. Nach dem Frühstück packten wir alles zusammen und fuhren mit dem Auto los. Es war ein langer Weg bis nach Philadelphia und bis heute frage ich mich, warum wir eigentlich nicht geflogen sind. Das Geld dazu hätten wir gehabt.

Nachdem wir New York verlassen hatten, ging es auf die Autobahn. Eine Weile konnte man frei fahren, doch nach etwa zwölf

Meilen bildete sich ein kleiner Stau. Da die Straße mehrspurig war, erblickte ich direkt neben uns einen schwarzen Van, dessen Scheiben ebenfalls schwarz getönt waren. Er sah unheimlich aus und machte mir ein wenig Angst. Ich war ja erst vier Jahre alt. Plötzlich wurde das Fenster der Fahrerseite heruntergelassen. Aber nur so weit, dass man die dunkelbraunen Augen des Fahrers erkennen konnte. Diese starrten mich erst reglos an, dann zwinkerten sie mir zu, bevor das dunkle Fenster wieder hochfuhr.

Ich sah mich um, keiner außer mir schien das gesehen zu haben. Weder meine Schwester, die neben mir saß, noch unsere Eltern.

Meine Mom drehte sich zu mir um und fragte besorgt: „Alles okay, Katie? Du guckst so merkwürdig."

Ich antwortete: „Ja, Mommy, alles in Ordnung."

Sie strahlte mich an und drehte sich wieder in Fahrtrichtung.

Nach einigen Minuten löste sich der Stau auf, was ziemlich ungewöhnlich war, und man konnte problemlos weiterfahren.

Ich erinnere mich noch genau an diese Situation. Meine Schwester hörte Musik, meine Eltern ließen das Radio laufen, summten ihren Lieblingssong mit und ich spielte mit meinem Plüschhund Jack. Spike hatten wir zu diesem Zeitpunkt noch nicht. Plötzlich sah ich durch das Rückfenster den schwarzen Van wieder. Dieses Mal befand er sich hinter uns. Aber nicht lange, denn er überholte uns ziemlich schnell, mit mindestens 200 km/h rauschte er an uns vorbei. Eine Geschwindigkeit, die auf amerikanischen Autobahnen nicht erlaubt ist. Nach kurzer Zeit war der Van in der Ferne verschwunden und ich konnte ihn nicht mehr sehen.

Und dann passierte es: Ich hörte einen lauten Knall, einen panischen Schrei und nahm wie in Trance ein helles Licht wahr.

Dann nichts.

Ich wurde bewusstlos und wachte erst wieder auf, als Feuerwehrmänner versuchten, mich aus dem Auto zu befreien. Das Komische war, dass sich alles in Zeitlupe bewegte. Außerdem sah ich die Welt falsch herum, da das Auto auf dem Dach lag. Man holte mich aus dem Wagen und ich sah, was den Knall ausgelöst hatte. Mindestens 20 qualmende Fahrzeuge standen auf der Straße und 50 weitere waren bereits völlig ausgebrannt. Man kann sich dieses traurige Bild nur schwer vorstellen, wenn man nicht selbst dabei war. Ich wurde in einen Krankenwagen verfrachtet und sah meine Schwester und meinen Dad. Beide wurden gerade wiederbelebt. Aber damals verstand ich das noch nicht, also schrie ich: „DADDY!“ Doch er antwortete nicht.

Ich blickte zu meiner Schwester. Beide hatten Verbrennungen, bei meinem Vater waren sie so schlimm, dass man sogar schon teilweise seine Knochen sah. Ich blickte aus dem Krankenwagen hinaus und sah Mom. Sie war, körperlich betrachtet, kein kompletter Mensch mehr. Gerade wurden ihre sterblichen Überreste in einen Sarg gelegt. Das war zu viel für mich. Ich wurde erneut bewusstlos und kam erst im Krankenhaus wieder zu mir.

Christin lag mit einer Atemmaske neben mir. Doch das war schon alles, was ich erkannte, denn ich war extrem schwach und schlief sofort wieder ein.

Erst als ich am nächsten Morgen aufwachte, bemerkte ich, dass ich eine Platzwunde am Kopf und einen Verband am rechten Unterarm hatte. Eine Krankenschwester brachte mir Essen und Trinken. Aber ich konnte nichts zu mir nehmen, geschweige denn reden oder weinen. Ich sah einfach nur hinüber zu meiner Schwester, und zwar an jedem einzelnen Tag der Woche. Ich konnte nicht schlafen aus Angst, ich würde den Moment verpassen, wenn Christin aufwachte.

Nach einer langen Woche des Wartens dachte ich, sie würde nicht mehr zu mir zurückkehren. Doch als ich die Hoffnung schon fast aufgegeben hatte, wachte meine Schwester endlich auf. Sie war schwach und erschöpft, aber sie war wach und das war das Wichtigste für mich. Nach einer weiteren Woche ging es ihr deutlich besser. Ihre Schmerzen ließen nach, allerdings trug sie einen dicken Verband am linken Arm, an den Schultern, im Brustbereich und am Hals. Nachdem uns eines Tages einer der Ärzte untersucht hatte, fragte meine Schwester nach unserem Dad. Der Arzt sagte, dass er auf der Intensivstation im Koma läge. Auf die Frage, ob wir ihn besuchen könnten, reagierte er zunächst skeptisch, stimmte aber schließlich zu.

Noch am selben Tag wollten wir ihn sehen und machten uns auf den Weg zur Intensivstation des Krankenhauses. Dad lag ebenso reglos in seinem Bett wie Christin zuvor, allerdings waren seine Verletzungen weitaus schwerwiegender.

Nach einer Weile fragte meine Schwester den Arzt, der uns begleitet hatte, nach unserer Mom. Sie hatte bis zu jenem Zeitpunkt noch nicht mitbekommen, dass diese nicht mehr unter uns weilte. Ich hatte es ihr nicht sagen können, genau genommen, hatte ich seit dem Unfall überhaupt nicht mehr gesprochen. Der Arzt versuchte, meiner Schwester schonend die Wahrheit beizubringen, doch das erwies sich als ziemlich schwierig. Es dauerte, bis die volle Bedeutung seiner Worte zu Christin durchgedrungen war, doch als sie es schließlich begriff, weinte und schluchzte sie ohne Unterlass. Ich konnte nichts für sie tun, sie war untröstlich.

Mir hingegen war es unmöglich zu weinen. Das Einzige, was ich noch fühlte, waren Kälte und ein unendlicher Schmerz.

Nur einen Tag später starb auch Dad an den Folgen des Unfalls. Von diesem Zeitpunkt an war nichts mehr wie vorher. Wir wären auf uns allein gestellt gewesen und in ein Heim abgeschoben worden, wenn Tante Grace nicht das Sorgerecht für uns bekommen hätte.

Ich nahm nicht an der Beerdigung unserer Eltern teil, weil ich darum gebeten hatte. Der Schmerz war einfach zu groß für mich.

5

Vor diesem tragischen Ereignis, das mein Leben völlig auf den Kopf gestellt hatte, war es schon öfter passiert, dass ich weinte. Aber seitdem war ich wie eingefroren. Außer Aggressivität zeigte ich keine Gefühle mehr. Vielleicht, weil ich Angst hatte, erneut verletzt zu werden.

Nach einer Weile riss ich mich von diesen Gedanken los, da sie mich ziemlich bedrückten. Ich schaltete den Fernseher aus und ging in mein Zimmer. Als ich gerade die Treppe hochlief, öffnete sich die Haustür und Christin kam herein.

„Schon wieder da? Du wolltest doch erst in einer Stunde kommen", meinte ich erstaunt.

„Eigentlich ja, aber die Firma hat mein Vorstellungsgespräch abgesagt und ich habe keine Ahnung, wieso." Enttäuscht die Achseln zuckend, wandte sie sich ab und ging in die Küche.

Ohne ein weiteres Wort zu sagen, schlurfte ich nach oben in mein Zimmer. Es war erst Mittag, aber ich wünschte mir sehnlichst, der Tag wäre schon vorbei.

Als ich auf meinem Bett lag und schon fast eingeschlafen war, platzte meine Schwester ins Zimmer „Kommst du? Wir holen jetzt deine Uniform für die neue Schule."

Ich dachte genau das, was an dieser Stelle jeder denken würde: „Oh mein Gott, ich muss allen Ernstes eine Schuluniform tragen? Okay, jetzt ist es offiziell, der Tag ist gelaufen!"

„Kommst du jetzt?", drängte meine Schwester.

Genervt und widerwillig stand ich vom Bett auf und bewegte mich nach draußen zum Auto. „Und wo fahren wir jetzt hin?", fragte ich Christin, bevor sie den Motor anließ.

„Das siehst du gleich", erwiderte sie geheimnisvoll.

Wir waren ungefähr 40 Minuten unterwegs, bis wir unser Ziel erreichten. Als ich aus dem Wagen stieg, fiel mir sofort das riesige zweistöckige Schulgebäude aus Ziegelsteinen ins Auge. Das Erste, was ich bemerkte, war die lange Rampe für Rollstuhlfahrer, die direkt neben einer Treppe nach oben zum Eingang führte. Eine Flagge der USA hing über dem schwarz-weißen Portal und den goldenen Ziffern, die die Hausnummer anzeigten: 350.

Nachdem man das Gebäude betreten hatte, führte der Weg zu einem mit Metalldetektoren ausgestatteten Durchlass, den man passieren musste, um die Schule zu betreten, ähnlich der Sicherheitskontrolle am Flughafen. Doch an diesem Tag kamen wir auch ohne Überprüfung hinein. Da ich mir unsicher war, lief ich einfach Christin hinterher. „Wow!“ Das war alles, was ich hervorbrachte, als ich die Schule von innen sah, denn sie sah aus wie ein altes Schloss. Jedes Mal, wenn man einen neuen Gang betrat, wurde man von einem Rundbogen aus Ziegelsteinen empfangen. An den Wänden hingen Auszeichnungen von Schülern, die an den verschiedensten Wettbewerben teilgenommen hatten. Der Boden war aus feinstem Parkett, die Schulspinde waren hellblau und die Nummern darauf aus Gold. Auch wenn das Gebäude komplett aus Ziegelsteinen errichtet worden war, waren die Räume hell und lichtdurchflutet.

Doch es blieb eine entscheidende Frage offen: Wo waren die Schüler? Es war mitten in der Woche, doch kein einziger war uns bisher über den Weg gelaufen. Als ich diese Beobachtung soeben meiner Schwester mitteilen wollte, kam eine Frau auf uns zu. Sie war mit Stöckelschuhen etwa 1,60 Meter groß und bekleidet mit einem langen dunkelblauen Rock, außerdem einer hellblauen Bluse und einem dunkelblauen Jackett. Sie hatte rote kurze, auftoupierte Haare und trug passend dazu einen knallroten Lippenstift. Ich schätzte sie auf Mitte fünfzig. „Ms Smith?“, fragte sie meine Schwester.

„Ja, genau“, entgegnete ihr Christin.

„Ich erwarte Sie bereits. Wenn Sie mir bitte folgen würden.“ Wir schlossen uns der Frau an.

Zuerst dachte ich, sie wäre die Sekretärin, aber es stellte sich heraus, dass es sich bei der kleinen rothaarigen Dame um die Rektorin handelte. Ihr Büro war genauso wie der Rest der Schule eingerichtet. Auf dem Weg dorthin zeigte sie uns ein paar Klassenräume. Die Zimmer besaßen alle sehr hohe Decken, fast so hoch wie in einer kleinen Kapelle. Auch darin war der Boden mit feinstem Parkett ausgelegt. Die Tische und Stühle, an denen die Schüler saßen, waren am Boden festgeschraubt worden. So verhinderte man wohl Diebstähle. Auf jedem Tisch stand ein Laptop, der ebenfalls fest am ... nein, im Tisch installiert war. Geld spielte hier wohl keine Rolle.

„Bitte setzen Sie sich doch", forderte uns die Rektorin sehr höflich auf, als wir ihr Büro erreicht hatten. Auf dem Schreibtisch stand ein goldenes Schild mit ihrem Namen: *Ms Simpson.*

Dies rief in mir die Assoziation mit der Farbe Gelb hervor, aber ich wusste nicht genau, warum. Außerdem hatte ich mich schon gewundert, wieso sie sich nicht vorgestellt hatte. Aber durch das Schild hatte sich das erledigt.

Als wir uns setzten, sagte sie zu mir: „So, du bist also Katie."

Christin warf mir einen Blick zu, als ob sie sagen wollte: „Sei bloß höflich!"

Also antwortete ich lediglich: „Ja, Miss." Auf diese Antwort hin schenkte mir meine Schwester ein kleines, kaum wahrnehmbares Nicken. Ich wollte es diesmal wirklich nicht vermasseln.

„Ich bin Ms Simpson", nahm die Rektorin den Faden wieder auf.

„Ach wirklich? Wusste ich ja noch gar nicht", dachte ich genervt, schwieg aber wohlweislich. Dieses Zeugnis guter Manieren kam zwar spät, aber immerhin hatte sie sich doch noch vorgestellt. Aber vielleicht dachte sie auch bloß, ich sei Analphabetin und könnte das Schild nicht lesen. Ich war zwar nicht sehr lernwillig, aber immerhin hatte ich lesen und schreiben gelernt.

Sie fuhr fort: „Schön, dass du Zeit gefunden hast herzukommen. Ich hoffe, dass es dir bei uns gefällt. Trotzdem bist du hier nicht zum Spaß, sondern aus dem gleichen Grund wie alle anderen, deswegen bekommst du keine Sonderbehandlung. Es gibt einige Regeln, die du einhalten musst, wenn du keine Probleme möchtest. Fangen wir mit dem Äußerlichen an: Du wirst eine Schuluniform tragen, keinen Schmuck, kein Make-up oder sonstige Schminke und es werden die Schuhe angezogen, die du von uns bekommst. Ach ja, die Haare werden immer zusammengebunden."

Meine Augen wurden größer und meine Ohren konnten nicht glauben, was sie da hörten. „Was?!", rief ich entsetzt. „Schicken Sie mich doch gleich in den Knast."

„Katie!“, ging Christin wütend dazwischen. „Du wirst tun, was man dir sagt.“ Ich schwieg beleidigt. „Entschuldigen Sie bitte das Fehlverhalten meiner Schwester“, wandte Christin sich an Ms Simpson.

Diese entgegnete nur: „Kein Problem. Eine solche Reaktion habe ich schon öfter erlebt. Aber das sind noch längst nicht alle Regeln, Katie.“ In diesem Moment dachte ich, die Frau wolle mich einfach nur provozieren. „Kaugummikauen ist im gesamten Gebäude strengstens verboten, getrunken und gegessen wird nur in der Kantine. Das Konsumieren von Alkohol und Zigaretten ist natürlich ebenfalls untersagt. Der Unterricht beginnt um acht Uhr, du kannst den Schulbus um halb acht nehmen. Deine Uniform liegt schon bereit und deinen Stundenplan bekommst du morgen früh. Ich hoffe, die Regeln sind dir nun klar und du wirst dich daran halten.“

„Ja, sicher“, erwiderte ich derart ironisch, als ob ich bereits wüsste, dass Ms Simpson und ich keine Freunde werden würden.

„Gut“, gab die Rektorin etwas hämisch zurück. Anschließend verwickelte sie Christin in einen kleinen Small Talk.

Währenddessen fiel mir ein, was ich schon am Anfang hatte fragen wollen. Doch ich hielt lieber still, bis die beiden ihr Gespräch beendeten. Ich hatte keine Lust, noch mehr Verhaltensregeln eingebläut zu bekommen. Ich und Regeln, das war ohnehin so eine Sache.

Schließlich konnte ich mich nicht mehr zurückhalten und fragte neugierig: „Wo sind eigentlich die Schüler und Lehrer?“ Lehrer hatte ich nämlich auch keinen einzigen gesehen. Könnte eigentlich so bleiben ...

Christin und Ms Simpson starrten mich an, als ob beide sagen wollten: „Dazwischenreden ist sehr unhöflich.“

Doch die Rektorin verzichtete auf die Rüge und erklärte: „Die gesamte Schule macht einmal im Jahr einen Ausflug. Wir nutzen diese Gelegenheit meistens, um neue Schüler willkommen zu heißen oder das gesamte Gebäude reinigen zu lassen.“

Und wieder war „Wow!“ das einzige Wort, mit dem ich diese Schule und ihre Rektorin beschreiben konnte.

Als ich schließlich meine Schuluniform bekam, traf mich fast der Schlag. Sie sah noch schlimmer aus, als ich sie mir vorgestellt hatte. War das ein seltsamer Tag. Zuerst hatte ich gesehen, wie mein Freund mit Amy rummachte. Dann wurde ich in eine Schule gesteckt, die eher an ein Gefängnis erinnerte, und zu guter Letzt sollte ich eine Schuluniform tragen, die nicht noch gruseliger aussehen könnte.

Meine Schwester und ich verabschiedeten uns höflich von Ms Simpson und verließen das Gebäude, das von außen wesentlich kleiner wirkte, nachdem man sein Inneres gesehen hatte.

Wir stiegen in den Wagen und fuhren nach Hause.

6

Es war 6.30 Uhr am nächsten Morgen, als ich aufstand, mich in die Dusche bewegte und danach mit Spike Gassi ging. Als ich nach Hause kam, setzte ich mich an den Frühstückstisch und diskutierte mit meiner Schwester, wie viele Gründe es gab, um diese Schuluniform nicht tragen zu müssen. Es lief zunächst ziemlich gut für mich. Aber letztendlich saß ich eben doch am kürzeren Hebel.

Und somit fand ich mich mit zusammengebundenen Haaren, ohne Make-up und schwarzen Nagellack, in einer weißen Bluse mit rot karierter Krawatte, einem roten Karorock, der bis zum Knie ging, weißen Kniestrümpfen und schwarzen Lackballerinas vor dem Spiegel wieder. Für einen Emo wie mich war das die reinste Hölle. Die Uniform passte nicht wirklich zu meinen schwarzen Haaren.

Meine Schwester kam in mein Zimmer, um mich zu begutachten. „Gar nicht mal so schlecht. Steht dir", sagte sie mit einem frechen Grinsen im Gesicht.

„Nicht schlecht? Ich sehe aus wie eine Comicfigur!"

„Wie eine süße Comicfigur, hahaha. Komm jetzt, dein Bus ist gleich da", bemerkte Christin immer noch grinsend.

Ich nahm meine Tasche und ging zusammen mit ihr die Treppe hinunter. Doch meine Schwester, misstrauisch wie sie war, kontrollierte natürlich, ob ich nicht doch etwas eingesteckt hatte wie Schminke oder Zigaretten. Obwohl ich gar nicht rauchte. Da fuhr auch schon der Schulbus vor.

„Ich wünsch dir viel Spaß und tu, was man dir sagt. Das ist deine letzte Chance. Versau sie dir nicht", mahnte Christin mich zum Abschied.

„Du kennst mich. Ich kann mich nicht an Regeln halten. Also verspreche ich es dir erst gar nicht."

„In diesem Fall musst du es aber versuchen, okay?", bat sie mich noch einmal inständig.

Ich nickte ergeben, dann lief ich aus dem Haus und bestieg den Schulbus, der fast voll war. Alle starrten mich an, als käme ich von einem fremden Planeten. Aber wenigstens konnten sie nichts Negatives über meine Klamotten sagen, schließlich trugen wir alle die gleichen. Außer dass die Jungs eine rote Karohose anhatten und andere Schuhe trugen. Ich marschierte bis ganz nach hinten durch und setzte mich in eine leere Reihe, um dummen Fragen aus dem Weg zu gehen. Bevor wir das Schulgebäude überhaupt betreten durften, wurden wir erst einmal von der Security kontrolliert.

Als ich *durchsucht* wurde, sah mich die Person komisch an und fragte: „Bist du neu hier?"

„Ja, ich bin neu. Ist mein erster Schultag."

„Wenn das so ist, ich bin Steve." Er war ungefähr 1,90 Meter groß, ziemlich muskulös und Afroamerikaner.

„Hey, ich bin Katie", erwiderte ich ein wenig verwirrt.

Durch die Kontrolle hatte ich es geschafft, damit war die erste Hürde des Tages überwunden. Doch als ich inmitten des Flurs stand, merkte ich, dass ich nicht mehr wusste, wo es zum Rektoratszimmer ging. Das Gebäude wirkte, wenn viele Leute geschäftig darin herumwuselten, gar nicht mehr so groß und wesentlich unübersichtlicher.

Als ich mich hilflos umsah, legte plötzlich jemand eine Hand auf meine Schulter und ich erkannte Steve hinter mir. „Die Rektorin hat gesagt, ich solle dich zu ihr bringen."

„Danke, aber den Weg hätte ich sicher irgendwie allein gefunden", entgegnete ich schnippisch, obwohl das glatt gelogen war.

„Ganz schön vorlaut. Komm einfach mit." In diesem Moment machte mir Steve allerdings ein wenig Angst, also folgte ich ihm widerspruchslos.

Als wir das Rektorenzimmer betraten, begrüßte Ms Simpson mich freundlich. „Sehr schön, du hast dich bis jetzt an alle Regeln gehalten. Steve hast du ja bereits kennengelernt. So, hier sind deine Spindnummer und der Code dazu. Und das ist dein Stundenplan. Steve wird dir den Raum für die erste Stunde zeigen. Ich wünsche dir viel Spaß und einen schönen ersten Tag!" Sie wirkte zu meiner Überraschung sehr entspannt und gelassen.

Als Steve mich anschließend zu meinem Klassenzimmer brachte, konnte ich mir nicht verkneifen zu fragen: „Wow, was war das denn? Ist die immer so entspannt?"

„Ja, kaum zu glauben, obwohl hier jeder zweite Schüler Mist baut. Deswegen sind auch wir hier." Steve deutete auf seine Security-Uniform.

„Wenn hier alle so sind wie ich, hält das niemanden auf", sagte ich stolz.

„Das werden wir sehen. Also, geradeaus dort vorn ist das Zimmer für deine erste Stunde."

„Super", murmelte ich, nun doch etwas nervös und angespannt.

Steve wandte sich um und schritt davon, während ich das Klassenzimmer betrat, wo bereits die anderen „Strafgefangenen" auf den Unterrichtsbeginn warteten. Wie zu erwarten, wurde ich von allen Seiten schief angestarrt. Da leider nur ein Platz ganz vorne frei war, als ob er auf mich gewartet hätte, setzte ich mich dorthin. Papierflieger und -bälle flogen durch die Gegend. Doch das Feuer wurde abrupt eingestellt, als der Lehrer oder besser gesagt die Lehrerin zur Tür hereinspazierte.

„Guten Morgen, Ms Lampert!", rief die gesamte Klasse im Chor. Außer mir natürlich, denn ich hatte bis eben nicht gewusst, wie die Lehrerin hieß. Mir war nicht einmal klar gewesen, dass mich eine Frau unterrichten würde.

„Guten Morgen", erwiderte sie Ms Lampert. Sie war vielleicht 1,70 Meter groß, schlank, hatte blondes langes Haar und trug eine Brille. Ich schätzte sie auf etwa 40 Jahre und sie hatte dieselbe Kleidung an wie Ms Simpson. Also einen langen dunkelblauen Rock, eine hellblaue Bluse und ein dunkelblaues Jackett.

Nun folgte das Unvermeidliche, auf das ich mich schon den ganzen Morgen gefreut hatte.

„Wie ihr vielleicht schon mitbekommen habt, haben wir seit heute eine neue Mitschülerin in der Klasse ... ähm ..." Sie holte einen Zettel aus ihrer Tasche hervor. „Katie Smith." Ihr Blick schweifte durch den Raum, bis sie mich ganz vorne entdeckte. „Ah, Katie, würdest du dich bitte kurz vorstellen?"

Hämisches Gelächter brach aus.

„Hier wird nicht gelacht!", brüllte Ms Lampert ungehalten durch den Raum.

Keiner außer mir hatte sich erschrocken. Das schien die Dame wohl öfter zu machen. Ich war der Meinung gewesen, sie sei liebenswert, gelassen und freundlich. Das stimmte offensichtlich nicht im Geringsten. Nun ja, der erste Eindruck konnte eben auch gewaltig täuschen.

Als ich mich langsam vom Stuhl erhob und vor die Klasse trat, bemerkte ich ein Mädchen, das von mir aus gesehen ganz hinten rechts saß und mich mit einem freundlichen Lächeln und unauffälligen Handzeichen darum bat, Zeit zu schinden. Ich sah auf die Uhr, die über der Tür hing, und dachte, zehn Minuten könnte ich wohl rausholen.

Also fing ich an: „Hallo ... ähm ... ich bin Katie Smith. Ich bin 14 Jahre alt ... und ... ähm ... bevor ich hierhergekommen bin, war ich auf einer staatlichen Schule."

Doch ehe ich weiterreden konnte, unterbrach mich ein afroamerikanischer Junge, dessen Haarstoppeln extrem kurz waren, mit den Worten: „Lass dieses langweilige Gelaber! Was ist der Grund, weshalb du jetzt auf diese Schule gehst? Wir sind alle hier, weil wir etwas angestellt haben. Was hast du verbrochen?"

Diese Frage erinnerte mich frappierend an meine Schwester, sie wollte auch dauernd wissen, was ich angestellt hatte.

„Ja, genau. Sag es uns!", rief das Mädchen hinten rechts bekräftigend.

Ich wurde noch nervöser, als ich es sowieso schon war. „Nun ja, ich hab eine Mitschülerin verprügelt."

„Nicht schlecht", sagte der afroamerikanische Junge aus der dritten Reihe anerkennend.

Ich fuhr fort: „Nun ja, drei Monate zuvor habe ich meine Englischlehrerin verprügelt."

„Wuuhuu, das nenne ich mal eine Leistung", rief er begeistert und alle anderen klatschten. Das Einzige, was diese Reaktion bei mir hervorrief, war ein verwirrter Blick.

„Leute, hört auf zu klatschen, dafür solltet ihr sie nicht auch noch belohnen", mahnte Ms Lampert die Klasse genervt. „Würdest du dich bitte wieder auf deinen Platz setzen, Katie."

Nach einer etwas merkwürdigen Mathestunde, die mehr aus Gewaltprävention als aus Matheformeln bestand – Ms Lampert musste uns unbedingt erklären, was Gewalt genau war und was diese mit uns machte –, wollte ich das Klassenzimmer so schnell wie möglich verlassen. Doch die Lehrerin bat mich, noch kurz zu warten. Während die anderen in ihre wohlverdiente Fünf-Minuten-Pause gingen, wartete ich auf Ms Lampert, die immer noch im Schulschrank kramte. Ob sie mich wohl vergessen hatte?

Als ich die Klingel zur nächsten Stunde hörte, überlegte ich, vielleicht doch etwas zu sagen. „Ms Lampert ..." Doch ehe ich den Satz überhaupt richtig beginnen konnte, fiel sie mir ins Wort. Wie ich es hasste, unterbrochen zu werden. Am liebsten hätte ich ihr das ins Gesicht gesagt, aber um mir am ersten Tag Ärger zu ersparen, ließ ich es sein.

„So, Katie ... PUH." Sie atmete tief aus. „Das hier sind deine Schulbücher für dieses Jahr." Sie drückte mir einen Stapel aus sechs großen und schweren Büchern in die Arme. Dabei nahm sie meinen geschockten Blick wahr, der nach einer Antwort verlangte. „Oh, keine Angst, nur vier dieser Bücher wirst du benutzen."

Was für ein Lichtblick, wenn man bedachte, dass jeder dieser Wälzer 200 Seiten umfasste.

„Da hätten wir einmal die Bücher für die Fächer Geschichte, Englisch, Mathe und Psychologie sowie ein Jahrbuch, das du behalten darfst. Außerdem bekommst du einen Antigewaltband", strahlte Ms Lampert. Besonders das letzte Werk schien ihr am Herzen zu liegen. Dann ergänzte sie: „Eigentlich sind es fünf Bücher, die du benutzen wirst, denn ich möchte, dass du den Antigewaltband liest."

„Bin ich denn die Einzige?", fragte ich mit finsterem Blick. Die glaubte doch nicht wirklich, dass ich das las! „Und wieso geben Sie jedem ein Psychologiebuch?", fragte ich neugierig.

„Nun ja, man schickt euch an diese Schule, weil ihr angeblich hoffnungslose Fälle seid, was Benehmen und Intelligenz angeht."

Vielen Dank an dieser Stelle, Ms Lampert!

„Aber die Lehrer und die Rektorin glauben, dass ihr missverstanden werdet, eure Sorgen in euch reinfresst und mit Gewalt zum Ausdruck bringt. Deshalb sollen dieses Buch und der dazugehörige Unterricht euch helfen, euch selbst zu finden."

„Was reden Sie da eigentlich für einen Mist? Lesen Sie dieses

Buch mal lieber selbst", platzte es aus mir heraus. Das Strahlen auf Ms Lamperts Gesicht verwandelte sich in ein überraschtes Staunen, während ich den Raum Richtung Spinde verließ.

Da die nächste Stunde bereits angefangen hatte, war ich die Einzige, die sich im Schulflur aufhielt. Als ich meine Bücher in den Spind gelegt hatte, kam mir in den Sinn, einfach von hier zu verschwinden. Die Gelegenheit dazu wäre günstig gewesen, da jeder im Unterricht war und mich niemand sehen würde. So war jedenfalls mein Gedanke.

Doch als ich auf die Tür der Befreiung zulaufen wollte oder, anders gesagt, zum Ausgang marschierte, ertönte hinter mir eine Stimme: „Wo willst du denn hin?" Als ich mich erschrocken umdrehte, blickte ich in Steves Gesicht, der mich mit einem ernsten Ausdruck ansah.

Also wandte ich die klassischste aller Ausreden an: „Ich wollte nur auf die Toilette."

„Aha, ich dachte immer, unsere Toiletten seien im Haus. Los, ab in den Unterricht!" Kaum hatte er das gesagt, rannte ich vor ihm weg. „Hey, stehen bleiben!" Er gab den anderen Securitys über Funk Bescheid: „Code drei, Code drei. Flüchtige Schülerin", während er mir hinterherrannte.

Ich kann euch sagen, besonders schnell war er nicht. Als sich mit einem Mal ein Hinterausgang vor mir auftat, gab es für mich kein Halten mehr. „Freiheit!", war mein erster Gedanke, als ich das Gebäude verlassen hatte. Ich rannte noch ein ganzes Stück weiter, bis ich mir sicher war, dass man mich nicht mehr einholen konnte. Dann fuhr ich mit dem Bus in die Nähe des Crotona Parks. Das letzte Stück war ein Fünf-Minuten-Weg, der mich zu meinem Lieblingsplatz brachte: einer Parkbank direkt am See, hinter der ein Baum stand.

Warum diese Stelle mein Lieblingsplatz war? Als ich klein war, kam meine Mom oft mit mir hierher. Deshalb war dieser Ort etwas Besonderes für mich. Außer mir und meiner Schwester wusste das aber keiner, vielleicht hatte Christin es auch schon vergessen. Mit ihr war ich vor drei Jahren zum letzten Mal hier. Seitdem kam ich immer allein an diesen Ort, wo Zeit für mich keine Rolle spielte. Hier war ich meiner Mom ganz nah. Ich fühlte mich geborgen.

Doch an diesem Tag saß eine Familie auf meiner Bank. Die Kinder fütterten die Enten im See mit Brot, während sich Vater und Mutter fröhlich unterhielten. Ich sah mir das Geschehen aus der Ferne an. Der Anblick versetzte mir einen Stich ins Herz. Aber ich ließ mir das nicht anmerken. Wie betäubt verließ ich den Crotona Park, stieg in den nächsten Bus und fuhr nach Hause. Während der ganzen Fahrt ging mir das Bild dieser glücklichen, unbeschwerten Familie nicht aus dem Kopf.

Aus diesen Gedanken wurde ich erst gerissen, als ich die Haustüre aufschloss und meine Schwester mich dahinter bereits erwartete, um mir eine Standpauke zu halten. „Was fällt dir ein, die Schule zu schwänzen?! Ich bin mehr als enttäuscht von dir!" Christin und ihre tadelnden Worte ignorierend, lief ich wie ein Eisklotz an ihr vorbei und nach oben in mein Zimmer, während sie mir hinterherrief, na ja, eher hinterherbrüllte: „Katie! Katie! Ich bin noch nicht fertig!"

Ich schloss mich in meinem Zimmer ein, als ich merkte, dass Christin mir gefolgt war. Doch sie würde nicht hier reinkommen, schwor ich mir. An ihren sich entfernenden Schritten konnte ich schließlich hören, dass sie die Treppe wieder hinunterging.

Als ich mich auf mein Bett legen wollte, bemerkte ich, dass sich Spike bereits darauf ausgebreitet hatte. Ein strenger Blick von mir reichte, um ihm zu verstehen zu geben, dass er Platz machen sollte, damit ich mich dazusetzen konnte. Nachdem ich mich seufzend niedergelassen und Spike auf meinen Schoß gelegt hatte, nahm ich aus meiner Schublade die Kette zusammen mit dem Foto heraus. Plötzlich überkam mich ein seltsames Gefühl, eine Ahnung, dieses Halsband mit dem Anhänger doch schon einmal gesehen zu haben. Doch es wollte mir nicht einfallen, wo das gewesen war. Der Mann auf dem Bild blieb mir jedoch weiterhin völlig fremd.

Bei einem zufälligen Blick aus dem Fenster entdeckte ich den Securitymann Steve, der zielstrebig auf unsere Haustür zusteuerte. Mein erster Gedanke war: „OH, VERDAMMT!"

Mein zweiter: „Nichts wie weg!"

Doch wohin? Woher wusste der Typ überhaupt, wo ich wohnte?

Früher oder später würden sie mich ohnehin erwischen. Ich hörte das Klingeln an der Haustür und überlegte fieberhaft, was ich jetzt tun sollte. Allerdings konnte ich dieses Problem nicht schnell genug lösen, denn sowohl Steve als auch meine Schwester standen nach kurzer Zeit vor meinem Zimmer und klopften an die Tür.

„Katie, lass uns rein", forderte Christin genervt.

Als ich mich widerstrebend erhob, bemerkte ich, dass Foto und Kette noch immer offen auf meinem Bett herumlagen. Schnell packte ich die Sachen in die Schublade zurück, denn Christin sollte davon nichts wissen. Sie hatte schon genug Probleme, hauptsächlich meinetwegen, das war mir durchaus klar. Während ich panisch in meinem Zimmer herumwuselte, überlegend, wie ich der Situation entkommen konnte, war Spike ebenso sehr an meiner misslichen Lage interessiert wie ich an der Schule, nämlich gar nicht. Seelenruhig lag er auf dem Bett und beobachtete mich. Schließlich erkannte ich, dass ich ohnehin nichts anderes tun konnte, und öffnete die Tür, cool und gelassen, hoffte ich zumindest.

Sofort empfing mich Steve mit den Worten: „Katie, ich denke, du solltest mal mitkommen."

Ohne etwas zu sagen, folgte ich den beiden die Treppe hinunter, ich ahnte bereits, was nun folgen sollte. Wir würden uns in das Auto meiner Schwester setzen und zur Schule zurückfahren, um dort einem Vortrag von Ms Simpson über korrektes Benehmen und noch mehr Regeln zu lauschen.

Aber es kam anders: Wir ließen uns im Wohnzimmer nieder, ohne die quälende Fahrt zur Schule und ohne einen Vortrag von Ms Simpson. Ich sollte mich auf die Couch setzen, Christin und Steve nahmen auf zwei Stühlen vor mir Platz. Dabei versperrten sie mir die Sicht auf den Fernseher, der jedoch sowieso ausgeschaltet war, somit spielte das keine Rolle. Ich machte mich auf das Schlimmste gefasst. Doch mit dem, was nun folgte, hätte ich am allerwenigsten gerechnet.

„Katie, wir verstehen, warum du aus der Schule weggelaufen bist. Du kennst dort keinen, alles ist neu für dich und du hast dich allein gefühlt. Aber trotzdem musst du dich an die Regeln halten. Sonst landest du irgendwann dort, wo alle hingeschickt werden, die sich ihre letzte Chance auf den Abschluss versauen", erklärte mir Steve mit ruhiger Stimme.

„Und wo wäre das?", fragte ich gelangweilt.

„In der Jugendstrafanstalt", erwiderte Steve ernst.

Meine vorherige Panik war nun verflogen. Zugegeben, die Sache mit der Strafanstalt war zwar hart, aber es interessierte mich nicht. Also antwortete ich cool: „Na und? Glaubt bloß nicht, dass ihr mich damit einschüchtern könnt. Außerdem hab ich mich nicht allein gefühlt. Ich hatte einfach nur keine Lust, noch eine Minute länger in dieser Irrenanstalt zu verbringen."

„Katie, das ist kein Spaß mehr. Du solltest wirklich aufhören, das ins Lächerliche zu ziehen", mischte sich Christin ein. Ich fragte mich, wann ihre Wut auf mich verflogen und der Besorgnis gewichen war.

Steve sah mich eindringlich an, nickte und sagte: „Hör auf deine Schwester." Dann stand er auf, verabschiedete sich und ging.

Christin und ich starrten uns noch eine Weile wortlos an. Schließlich erhob sie sich, verschwand in der Küche und räumte die zuvor erledigten Einkäufe weg.

Eine Weile später stand auch ich auf, ging ebenfalls in die Küche und holte mir eine Cola aus dem Kühlschrank, während meine Schwester mich dabei beobachtete. Ich ignorierte ihren Blick, so gut es ging. Den Rest des Tages verbrachte ich in meinem Zimmer. Nicht einmal zum Abendessen kam ich nicht nach unten.

7

In der ersten Stunde des nächsten Tages hatte ich Geschichte, und zwar bei Ms Lampert. Tatsächlich hatte ich alle Fächer bei ihr. So erfuhr ich, dass jede Klasse nur einen einzigen Lehrer hatte. Das sollte angeblich besser für die Gemeinschaft sein, was ich stark bezweifelte. Denn allein das Wort *Gemeinschaft* hatte kein Schüler dieser Anstalt in seinem Vokabular.

Aber zurück zur Geschichtsstunde. Da ich es nicht so mit historischen Sachen hatte, verbrachte ich diese lieber auf dem Mädchenklo in einer der vier Kabinen. Die Zeit vertrödelte ich mit Musikhören, besser gesagt summte ich mir selbst etwas vor, Kaugummikauen, diesen hatte ich am Morgen ziemlich geschickt reingeschmuggelt, dem Vervollständigen von Kritzeleien an der verschmierten Wand und dem zweckmäßigen Benutzen einer Toilette, in der ich ganz allein war. Denn während des Unterrichts war es niemandem gestattet, seinen natürlichen Bedürfnissen nachzugehen. Als der Gong zur Fünf-Minuten-Pause ertönte, verließ ich die Kabine. Während ich mir die Hände am Waschbecken reinigte, kamen einige Mädchen zur Tür herein, die sich fröhlich unterhielten. Sie zündeten sich dabei eine Zigarette an, die sie wohl ebenfalls geschickt reingeschmuggelt hatten. Sie interessierten sich nicht für mich und so hatte sich das Geplänkel von wegen „Mein Name ist Katie und ja, ich bin neu" auch erledigt.

Allerdings kam in diesem Moment noch ein anderes Mädchen herein, das ich kannte. Es handelte sich um jene Mitschülerin, die mich an meinem ersten Schultag freundlich darum gebeten hatte, Zeit bei meiner Vorstellung zu schinden. Ich beobachtete sie im Spiegel. Sie erkannte mich ebenfalls und wir starrten uns wortlos an. Dann lächelte sie mich an und verschwand hinter einer Kabinentür. Mein Schmunzeln sah sie schon nicht mehr.

Ich verließ die Toilette, da ich keine Lust mehr hatte, den weiteren Unterricht an einem Ort zu verbringen, den man eigentlich nur aufsuchen sollte, wenn es Mutter Natur oder der *Wie-sehe-ich-aus*-Check verlangten. Ich lief in Richtung Spind, um dort mein Buch für die nächste Stunde zu holen, in die ich wohl oder übel gehen musste.

Als ich gerade dabei war, meinen Schrank zu öffnen, stand das Mädchen, von dem ich immer noch nicht wusste, wie es hieß, neben mir. Erneut blickten wir uns wortlos an, während meine Mitschülerin sich lässig gegen den Spind neben meinem lehnte.

„Du bist also die Neue?", begann sie schließlich ein Gespräch.

„Ja", antwortete ich knapp.

Wo soll ich bloß anfangen, um ihr Äußeres zu beschreiben? Sie war etwa 1,70 Meter groß und hatte sehr lange braune Haare, im Gegensatz zu mir, meine schwarzen Strähnen reichten nur knapp bis auf die Schulter. Aber als ich diese Mähne sah, hätte ich am liebsten sofort getauscht. Außerdem hatte sie ein bildhübsches Gesicht und strahlend grüne Augen. Sie musste eindeutig das beliebteste Mädchen der Schule sein: ein Traum für alle Jungs und ein Idol für alle Mädchen.

Schließlich brach sie das Eis und stellte sich vor: „Also, ich bin Rachel."

„Katie." Wir schüttelten uns die Hände und lachten uns an.

Es herrschte ein Moment der peinlichen Stille, bis sie mich fragte, ob ich nicht Lust hätte, mit ihr und einigen Freunden am Abend in den Yankee Club zu gehen. Da ich vorher noch nie etwas über diesen Club gehört hatte und Rachel erst seit einer guten Minute beim Namen kannte, gab es keinen Grund, gleich mit ihr feiern zu gehen. Aber da ich sowieso nichts vorhatte, stimmte ich zu. Sie teilte mir mit, dass wir uns um 19 Uhr vor der Schule träfen, da diese für alle am zentralsten gelegen wäre.

Als ich nach dem Unterricht mit dem Bus nach Hause fuhr, überlegte ich, wie ich Christin überreden konnte, mich mit Rachel in den Yankee Club gehen zu lassen. Seit ich die Schule gewechselt hatte, erlaubte sie mir nicht mehr sehr viel. Ms Simpson hatte ihr die absurde Idee in den Kopf gesetzt, dass man konsequenter mit mir umgehen solle. Ob die *Ich verspreche dir, nie wieder etwas anzustellen*-Masche vielleicht half?

Als ich zu Hause ankam, sah ich meine Schwester bei einer ungewohnten Tätigkeit: Sie sah fern. Nicht, dass sie das nie getan hätte, aber normalerweise hockte sie nur spätabends vor der Glotze, weil sie, wie sie immer sagte, ansonsten sehr beschäftigt war. Doch das eigentlich Interessante war, was meine Schwester sich ansah. Bemerkt hatte Christin mich noch nicht, so sehr war sie in das Fernsehprogramm vertieft. Da ich noch im Hausflur stand, konnte ich nur von Weitem erahnen, was gerade lief. Es schienen CNN-Nachrichten zu sein, jedoch kein aktueller Bericht. Denn das Format des Senders sah heute anders aus. Langsam näherte ich mich dem Wohnzimmer.

Doch ehe ich erkannte, was sie sich anschaute, bemerkte Christin mich, schaltete den Fernseher abrupt aus und begrüßte mich überrascht. „Oh, hallo, schon zurück?"

„Ja", murmelte ich abwesend. Während sie mir erzählte, wie ihr Tag bis jetzt verlaufen war, stellte ich mir nur eine Frage: Warum hatte sie ferngesehen und ausgeschaltet, als ich hereinkam? Irgendwann hielt ich es nicht mehr aus und unterbrach ihren Redeschwall. „Warum hast du ferngesehen?"

Darauf erwiderte sie nur überrascht: „Was?"

„Du hast ferngesehen, als ich zur Haustür hereinkam."

„Ich hab mir eben mal die Zeit genommen, nachmittags fernzusehen. Das ist doch kein Verbrechen, oder?", wich sie mir aus.

„Natürlich nicht. Aber du hast so getan, als wäre es eins", beharrte ich.

„Wie meinst du das denn?"

„Na ja, du schienst sehr vertieft gewesen zu sein, und als du mich bemerktest, hast du den Fernseher sofort ausgeschaltet."

„Vielleicht deshalb, um mich voll und ganz dir widmen zu können. Wie war denn dein Tag so?", wollte sie gekonnt ablenken.

Da ich wusste, wie hartnäckig meine Schwester sein konnte, wenn sie etwas nicht verraten wollte, gab ich auf und beantwortete stattdessen ihre Frage. Da ich jedoch nie viel plauderte, war ich nach wenigen Minuten schon an dem Punkt angelangt, wo ich sie wegen des Yankee Clubs am Abend fragte. Doch wie zu erwarten gewesen war, lehnte meine Schwester den Antrag auf einen Abend voller Spaß ab. So versuchte ich die *Ich verspreche dir, nie wieder etwas anzustellen*-Masche, jedoch ohne Erfolg.

Allerdings fand ich immer einen Weg, um das zu bekommen, was ich wollte. So entschloss ich mich dazu, aus meinem Zimmerfenster zu klettern, um auf diesem Wege mein Vorhaben zu erfüllen. Trotz allem musste ich erst aus meiner Schulkleidung raus, um einen richtigen Emo darstellen zu können. Während ich mich von farbenfroh in nachtschwarz transformierte, dachte ich an die Kette und das Foto. Ich nahm das Schmuckstück aus der Schublade und band es mir um den Hals. Das Foto ließ ich allerdings in seinem Versteck liegen.

Zur gleichen Zeit wurde es langsam dämmerig in der Bronx, die Straßenlaternen fingen an, das Tageslicht zu ersetzen, und machten so die Nacht erneut zum Tag, wie es sich für eine Stadt, die niemals schlief, gehörte.

In diesem Moment fühlte ich mich mit einem Mal beobachtet. Nicht, dass ich unter Verfolgungswahn litt, aber mich beschlich jenes Gefühl, das einen nervös machte, wenn man mit dem Rücken zu einer Tür oder, wie in meinem Fall, zu einem Fenster stand. Allerdings dachte ich mir kurz darauf nichts mehr dabei.

Frisch gestylt fuhr ich mit dem Bus, denn wer lief schon so weit zu Fuß, zum Treffpunkt. Es war 18.58 Uhr, als ich ausstieg und noch gute fünf Minuten zur Schule zu laufen hatte. Habe ich bereits erwähnt, dass ich niemals pünktlich war? Es war 19.04 Uhr, als ich an der Schule ankam, wo Rachel und die anderen schon auf mich gewartet hatten.

„Da bist du ja. Mit der Pünktlichkeit nimmst du es wohl nicht so genau, was?“, begrüßte sie mich lachend.

Nein, tatsächlich war ich noch nie ein Freund der Pünktlichkeit gewesen, Rachel offensichtlich schon. Sie stellte mir die anderen vor.

„Katie, das sind Dina, Skip und Glen. Leute, das ist Katie.“

„Rachel, wir kennen sie. Katie hat sich an ihrem ersten Schultag selbst vorgestellt“, warf Skip genervt ein. Er war der Junge aus der dritten Reihe, der mich gefragt hatte, warum ich jetzt auf diese

Schule ging. Skip war größer, als ich ihn in Erinnerung hatte. Ich schätzte ihn auf gute 1,80 Meter. Zudem war er ziemlich korpulent, was in seiner Hip-Hop-Kleidung allerdings nicht sehr auffiel.

Glen war das krasse Gegenteil: Er war schmächtig und erreichte höchstens 1,65 Meter. Trotz allem war er immer noch größer als ich, denn ich maß gerade mal 1,60 Meter. Glen hatte dunkelblonde Haare und braungrüne Augen. Seinen Irokesen-Haarschnitt kombinierte er sehr passend mit seinem Hip-Hop-Stil.

Die Letzte im Bunde war Dina. Sie war ungefähr so groß wie ich, vielleicht ein paar Zentimeter größer, und erinnerte mich wegen ihrer kurzen blonden Haare an die Sängerin Pink. Dina war ebenfalls im Hip-Hop-Stil gekleidet und betonte dadurch bewusst ihre Haare.

In diesem Moment fiel mir auf, dass ich mit meinem Emolook völlig allein dastand. Die anderen schien dies allerdings wenig zu interessieren. Nach einer Weile des kommunikationsarmen Rumstehens marschierten wir los. Wir gelangten in ein paar Seitenstraßen, in die ich mich allein nicht getraut hätte, was mir ein mulmiges Gefühl bescherte. Und dann plötzlich tauchte ein gewaltiges, blau leuchtendes Neonschild vor uns auf, auf dem *Yankee-Club* stand.

Ein Treppe führte nach unten zum Eingang. Die laute Musik war bereits von draußen zu hören. Nervös, was mich da drin wohl erwarten würde, betrat ich mit den anderen den Club. Es war dunkel und nur die Scheinwerfer beleuchteten den Raum, sie strahlten eine enorme Hitze ab und erhöhten die Temperatur auf mindestens 35 Grad. Das lag jedoch auch unter anderem an den gewaltigen Menschenmassen, die sich hier tummelten. Es gab eine Bar sowie eine riesige Tanzfläche und wirkte wie die Kulisse eines Streetdancefilms. Alles hier sah verbraucht aus und lud nicht wirklich zum Bleiben ein. Die bröckelnde Fassade des Gebäudes und die kaputten Stühle verstärkten diesen Effekt. Des Weiteren starrten die anwesenden Gäste mich in meinem Einzelleroutfit an, als käme ich vom Pluto oder einem anderen Planeten, der niemals die Sonne gesehen hatte.

Rachel bemerkte die abschätzigen Blicke und gab einen Kommentar dazu ab: „Es ist unhöflich, andere Leute anzustarren. Das haben euch eure Mütter wohl nicht beigebracht! Und weil wir gerade schon dabei sind: Das hier ist Katie. Sie ist neu auf unserer Schule."

Vielen Dank! Schön, dass das nun alle wussten.

„Dann solltest du ihr mal die Clubregeln erklären", warf einer aus der Runde ein.

Doch aus irgendeinem Grund ging Rachel darauf nicht ein. Sie bestellte für uns alle ein paar Drinks und zeigte mir ihren persönlichen VIP-Bereich. Jede Gruppe hatte einen eigenen. Wir machten es uns dort gemütlich.

Mir war sofort aufgefallen, dass Hip-Hop sowohl bei Musik und Stil als auch bei der Sprache eine große Rolle spielte. Zudem wurden hier sehr gerne Gruppen gebildet. Da gab es eine Fraktion, bestehend aus acht Personen, die trugen ausschließlich grüne und blaue Hip-Hop-Kleidung. Eine andere Runde, die sechs Mitglieder zählte, trug nur weiße, graue und violette Kleidung.

Rachel und ihre Freunde folgten dem gleichen Schema. Ihre Farben waren Gelb und Grau. Ich stellte mir vor, wie mir diese Kombination stehen würde, aber dann fiel mir ein, dass ich doch niemals zu dieser Gruppe gehören würde. Toll wäre es trotzdem, sich mal so zu fühlen, als wäre man ein Teil von etwas.

Wir saßen einige Minuten in unserer *Lounge*, die aus einer kaputten Couch und einem mit Kaugummi beklebten Tisch bestand, als sich ein heftiges Tanzbattle ankündigte. Alle hatten sich in einem großen Kreis um die zwei rivalisierenden Gruppen herum aufgestellt. Die mit den grün-blauen Hip-Hop-Klamotten, die sich *The green and blue ocean* nannten, hatten die Gruppe in den weißen, grauen und violetten Klamotten, also *The violet magic*, zum Battle herausgefordert. Alle, auch die Zuschauer im Kreis, waren plötzlich Feuer und Flamme für das Tanzduell. Ich konnte mich allerdings weniger dafür begeistern. Es war einfach alles zu neu für mich.

Nach dem Battle, *The green and blue ocean* hatte übrigens gewonnen, sagte ich Rachel, dass ich nach Hause wollte. Es wäre an diesem Abend alles etwas viel für mich gewesen. Rachel brummte abwesend irgendetwas Zustimmendes, während sie wie gebannt auf meine Kette starrte, die sie anscheinend erst jetzt bemerkt hatte.

„Was ist das für eine Kette?", fragte sie mich schließlich.

„Das? Oh, das war ein Geschenk", log ich, da ich nicht wirklich wusste, was ich antworten sollte. Rachel schien mir meine Erklärung auch nicht abzunehmen. Zudem fing ich an zu bereuen, dass ich das Schmuckstück überhaupt umgelegt hatte. Auch Skip schien neugierig zu werden und belauschte unser Gespräch interessiert.

Eine knappe halbe Stunde später war ich immer noch nicht verschwunden, da ich mir nach wie vor nicht sicher war, ob Rachel etwas dagegen hatte. Ich ging erst, als die anderen sich ebenfalls auf den Weg machten.

Dina, Glen, Skip und Rachel brachten mich nach Hause, alleine war es so spät zu gefährlich. Da ich eigentlich gar nicht von zu Hause hätte weg sein dürfen, bat ich Rachel, schneller zu laufen. Ich wollte mir Ärger mit meiner Schwester ersparen. Jedoch schien Skip etwas dagegen zu haben, sich zu beeilen. Er bewegte sich wohl nicht gerne. Dennoch wollte er sogar einen kleinen Umweg machen, um bei einer Tankstelle Süßigkeiten zu kaufen. Da ich bei den anderen einen guten Eindruck hinterlassen wollte, stimmte ich zu.

Wir kehrten also bei einer Tankstelle ein, wo im Moment keine Tankwilligen zu sehen waren, und warteten eine Ewigkeit vor der Tür, weil sich Skip im Laden nicht entscheiden konnte, was er überhaupt wollte.

Dann, plötzlich, standen zwei schwarze Vans vor uns! Die Reifen quietschten laut, als die Fahrzeuge eine Vollbremsung hinlegten. Einige schwarz maskierte Männer sprangen heraus und eröffneten unerwartet mit Maschinengewehren das Feuer, was an einer Tankstelle sehr gefährlich ist. Wird eine der Zapfsäulen getroffen, fliegt alles in die Luft.

So schnell wir konnten, versuchten wir uns in Sicherheit zu bringen und rannten weg. Wir waren vielleicht 30 Meter von dem Geschehen entfernt, als zwei Zapfsäulen explodierten, der Druck der Explosionswelle uns erfasste und zu Boden warf.

Hastig rappelten wir uns auf und rannten weiter in eine kleine Seitenstraße, die rechts neben der Tankstelle lag, als die Männer wieder in ihre Vans stiegen und, während sie uns verfolgten, aus den Fahrzeugen auf uns schossen.

Plötzlich fiel Rachel zu Boden und rührte sich nicht mehr. Ich drehte mich kurz nach ihr um, konnte aber nicht umkehren, um mich um sie zu kümmern. Glen, Dina und ich rannten so lange weiter, bis wir ein Versteck fanden, in dem wir uns sicher glaubten. An einer Straße entlang zog sich ein riesiges Gebäude, das nur aus dem Erdgeschoss bestand. Es war ein altes Parkhaus. Die Mauern waren aus Beton, doch die graue Fassade hatte schon Risse und bröckelte an den meisten Stellen. Die Fenster waren größtenteils eingeschlagen, selbst Parkschrankenanlagen waren keine vorhanden. In diesem Klotz verweilten wir so lange, bis wir uns sicher waren, dass die Männer uns nicht mehr verfolgten. Dann rannten wir zurück.

Während ich zu Rachel eilte, die sich immer noch nicht rührte, stürzten Glen und Dina zurück zur Tankstelle, um nach Skip zu sehen. Ich kniete mich neben Rachel, die auf dem Bauch lag, und drehte sie vorsichtig um. Ihren Oberkörper bettete ich auf meinem Schoß. Dann befiel mich der Schock, als ich entdeckte, dass Rachel direkt in den Kopf geschossen worden war. Unaufhaltsam floss Blut. Es schien fast so, als ob es nie mehr zu bluten aufhören würde.

Geschockt verharrte ich in dieser Position, bis Dina und Glen wenig später zurückkamen. Dina fing an zu weinen, als sie Rachel sah, Glen nahm sie in den Arm, um sie zu trösten.

„Wir müssen einen Krankenwagen holen!“, schrie sie außer sich, doch auch ihr war klar, dass es zu spät war.

„Wo ist Skip?“, fragte ich Glen.

„Er war nicht mehr an der Tankstelle“, antwortete er knapp.

„Was?! Wo ist er dann?“ Entsetzt sah ich ihn an.

„Keine Ahnung“, sagte Glen, während die Sirenen der Polizei und des Krankenwagens näher kamen.

Die Sanitäter versorgten unsere Schürfwunden, nachdem der Notarzt den Tod Rachels festgestellt hatte. Die Polizei wollte, dass wir eine Zeugenaussage machten. Ich wusste, dass ich Christin erzählen musste, was passiert war. Nachdem wir die Ereignisse zu Protokoll gegeben hatten, brachten die Beamten Glen, Dina und mich nach Hause.

Als wir vor unserem Haus ankamen, stürmte Christin herbei, die natürlich gemerkt hatte, dass ich nicht in meinem Bett lag. Geschockt darüber, dass die Polizei mich nach Hause fuhr und ich zudem blutverschmiert war, reagierte Christin dementsprechend. „Katie, was ist passiert?“

„Ihre Schwester hat gerade einen tödlichen Anschlag überlebt, Ms Smith“, erläuterte der Officer.

„Was?“ Sie nahm mich bestürzt in den Arm und drückte mich, so fest sie konnte. „Oh, Katie, ist dir auch nichts passiert?“

„Nein, keine Sorge, mir geht es gut“, beruhigte ich sie.

„Wieso bist du voller Blut?“

„Das erzähle ich dir, sobald wir im Haus sind“, erwiderte ich.

„Sie kommen zurecht, Ms Smith?“, fragte mich der Beamte noch pflichtbewusst, doch nach einem kurzen Nicken meinerseits stieg er ins Auto und fuhr los.

Anschließend betraten Christin und ich das Haus.

8

In dieser Nacht war alles anders. Ich ging unter die Dusche, um die letzten Erinnerungen an Rachel von meinem Körper zu waschen. Danach saßen meine Schwester und ich in der Küche und tranken eine Tasse heiße Schokolade. Dabei erzählte ich ihr die ganze Geschichte und auch, dass ich von zu Hause abgehauen war. Nachdem wir unsere Tassen geleert hatten und ich ausführlich Bericht erstattet hatte, wollte ich ins Bett gehen, um das alles zu vergessen. Aber wie vergaß man einen Anschlag, den man nur knapp überlebt hatte?

Wie zu erwarten konnte ich nicht einschlafen. Zu viele Gedanken kreisten in meinem Kopf. Als ich auf meinen Wecker sah, war es bereits drei Uhr morgens. Ich betrachtete den Anhänger der Kette, die ich immer noch um meinen Hals trug. Hatte das alles etwas mit diesem Schmuckstück zu tun? Ach, Unsinn! Was sollte irgendjemand mit so einer Kette anfangen? Das Foto sah ich mir nicht an, da es mir ohnehin nicht weiterhalf. Ich ließ noch einmal den ganzen Abend Revue passieren. Dabei vermischten sich die Gedanken mit den Erinnerungen an den Autounfall meiner Eltern. Der schwarze Van damals und die beiden Fahrzeuge an diesem Abend sahen haargenau gleich aus. Aber ich konnte keine Verbindung zwischen den beiden Ereignissen herstellen.

Mehrere Stunden des Grübelns waren vergangen, bis ich wieder auf den Wecker sah. Es war nun 5.58 Uhr. Ich stand auf, zog mich an, ging die Treppe hinunter und teilte meiner Schwester mit, dass ich zur Schule gehen wolle, obwohl sie mir erlaubt hätte, die nächsten zwei Tage zu Hause zu bleiben. Mein Wunsch überraschte Christin sehr. Zum ersten Mal in meinem Leben ging ich freiwillig zur Schule. Nachdem ich den Schulbus bestiegen hatte, setzte ich mich in die zweite Reihe. Tatsächlich entdeckte ich auch Dina und Glen in der hintersten Reihe. Sie hielten es wohl ebenfalls zu Hause nicht aus, doch Skip war nach wie vor verschwunden. Während der Bus weiterfuhr, stand ich auf und begab mich zu Glen und Dina, die genauso fassungslos wirkte wie ich. Wir starrten uns an, aber keiner sagte etwas.

Wie jeden Morgen mussten wir durch den Security-Check, den ich dieses Mal nicht bestand, da ich vergessen hatte, die Kette abzunehmen, bevor ich durch den Metalldetektor gelaufen war.

„Du musst allen Schmuck abnehmen, Katie", sagte Steve ungeduldig.

Ich packte die Kette gehorsam in meine Tasche, sodass er es mitbekam und mich reinließ.

Dina, Glen und ich saßen an diesem Tag im Klassenzimmer nebeneinander. Unsere Augen starrten ins Leere. Die beiden hatten in dieser Nacht sicher genauso wenig ein Auge zugemacht wie ich. Der Unterricht lief in Zeitlupe vor mir ab. Glen und Dina sahen manchmal zu mir rüber, doch ich zeigte keinerlei Reaktion. Ich konnte nur an den vergangenen Abend denken und meine Theorie, dass die Kette etwas damit zu tun hatte, wurde für mich immer realistischer.

Auch in der Mittagspause setzten wir drei uns an einen Tisch und ich brach das Schweigen. „Wieso seid ihr eigentlich in die Schule gekommen?", wollte ich wissen, obwohl ich es mir denken konnte.

„Wieso bist du hier?", stellte Dina die Gegenfrage.

„Ich konnte nicht zu Hause bleiben. Ich musste mit Leuten zusammen sein, denen es genauso geht wie mir, damit ich mich nicht so verloren fühle", erwiderte ich ehrlich. Zum ersten Mal seit dem Autounfall meiner Eltern erzählte ich jemandem, wie ich mich tatsächlich fühlte. Ich spürte, wie überrascht ich selbst von meiner Antwort war.

„Aus dem gleichen Grund sind wir hier", bestätigte Glen meine Annahme. In diesem Moment spürte ich, dass ich den beiden trauen konnte. Da ich so etwas noch nie gefühlt hatte, ergriff ich die Gelegenheit beim Schopfe. „Kann ich euch was zeigen?", fragte ich nervös.

„Was denn?", meinte Dina. Ich holte die Kette aus meiner Tasche und legte sie auf den Tisch. „Ist das nicht die Kette, die du gestern Abend getragen hast?", fragte sie.

„Ja, genau. Und warum zeigst du sie uns?“, warf Glen ein.

„Das klingt jetzt vielleicht ein bisschen schräg, aber Rachel fragte mich gestern im Club, was das für eine Kette sei.“

„Ja, so eine hab ich noch nie gesehen“, meinte Dina.

„Genau, und Skip hat unsere Unterhaltung belauscht. Er schien sich ebenfalls für das Halsband und den Anhänger zu interessieren.“

„Worauf willst du hinaus?“, fragte Glen misstrauisch.

„Nun ja, Rachel und Skip hatten so eine Kette noch nie gesehen und ihr auch nicht. Bevor ich sie … ähm ... geschenkt bekommen hab, hatte ich etwas Derartiges ebenfalls noch nie in der Hand. Vielleicht gibt es einen Zusammenhang zwischen gestern Abend und dieser Kette.“

„Wieso glaubst du das?“, fragte Dina neugierig.

Ich wies die beiden auf die Gravur des Anhängers hin. „Vielleicht, weil diese Zeichen mehr bedeuten als durcheinandergewürfelte Buchstaben.“

„CHPFFRBSLNY“, flüsterte Glen. Dann fügte er hinzu: „Wenn du willst, finde ich für dich heraus, was diese Buchstaben bedeuten.“

„Ja, Glen ist ein Genie in Sachen Abkürzungen. Er kennt die meisten auswendig“, bekräftigte Dina.

Ich war zuerst skeptisch, ob ich den beiden vertrauen sollte, stimmte dann aber zu. Was hatte ich schon zu verlieren?

„Vielleicht wollen sie die Kette klauen und verkaufen“, mahnte ich mich selbst.

Aber meine Zweifel verflogen, als Glen ein Stück Papier und einen Stift nahm und sich die Gravur abschrieb. Diese Gelegenheit nutzten wir zudem, um unsere Handynummern auszutauschen.

Nach der Mittagspause hatten wir Psychologie. Bereits in dieser Stunde versuchte Glen, die Zeichen zu entschlüsseln. Dabei beobachtete ich ihn genau, um zu sehen, wie er das machte.

„Katie, gibt es einen Grund, warum du heute so unaufmerksam bist?“, tadelte mich Ms Lampert.

Glen und Dina sahen mich an, als ob sie sagen wollten: „Erzähl ihr irgendwas, aber nicht die Wahrheit.“

Also antwortete ich: „Nein, Ms Lampert, ich habe nur noch mal über das, was sie sagten, nachgedacht.“

„So, was habe ich denn gesagt?“

„Dass wir für unser gewaltbereites Verhalten selbst verantwortlich sind“, erwiderte ich, weil Ms Lampert beinahe jede Psychologiestunde mit dieser Aussage anfing.

„Ganz genau, Katie“, stimmte sie mir überrascht zu.

Ich grinste zu Dina und Glen hinüber, die anerkennend zurücklächelten.

Als ich nach der Schule nach Hause kam, war Christin nicht da. Wieder einmal klebte ein gelber Zettel am Kühlschrank.

Geh bitte mit Spike Gassi. Dein Essen steht in der Mikrowelle. Bin bei einem Bewerbungsgespräch bei BSD News.

Als ich mit Spike Gassi war und mir mein Essen aus der Mikrowelle holen wollte, stellte ich fest, dass Christins Bewerbungsmappe auf dem Küchentresen lag.

„Die hat sie wohl vergessen, Spike“, sagte ich, als ich ihm den Hefter zeigte. Beiläufig dachte ich: „Die Büros von BSD News sind nicht weit weg von hier. Ich könnte ihr einen Gefallen tun und ihr die Mappe vorbeibringen.“

Gesagt, getan. Ich rannte los zur nächsten Bushaltestelle. Die war zum Glück nicht weit von zu Hause entfernt. Einfach die Straße hinunter, in die Willis Avenue abgebogen, schon stand man abholbereit an der Haltestelle.

Nervös wartete ich auf den Bus. Da ich wusste, dass der Chef von BSD News nicht der freundlichste Mensch war, wollte ich Christin die Mappe so schnell wie möglich übergeben. Immer wieder wandte ich den Kopf dem Easy Shopping Dept. Store zu, der sich genau hinter mir befand. Vielleicht gab es ein paar gute Angebote im Schaufenster. Endlich sah ich den Bus gemütlich auf die Haltestelle zurollen.

Alle Busse in der Bronx sind mit einem *Bx* über der Fahrerkabine markiert. Das bedeutet, dass das Gefährt nur Haltestellen in der Bronx anfährt. Das System ist in jedem Stadtteil New Yorks gleich. Da man in dieser riesigen Stadt häufig die öffentlichen Verkehrsmittel benutzt, besitzen die meisten Einwohner eine Metro Card.

Doch unvorsichtig wie ich immer war, verlor ich meine ständig. So beschloss Christin, mir keine mehr zu kaufen. Seitdem zahlte ich immer bar. Ungeduldig warf ich 2,50 Dollar in den Münzschlitz und suchte mir einen freien Sitzplatz. Doch wie immer war bereits alles besetzt.

Nach einer etwas stressigen Fahrt stand ich endlich vor dem Gebäude der BSD News. Als ich völlig erschöpft am Empfang ankam, sagte ich: „Oh ... hallo. Meine Schwester Christin Smith hat gerade ein Vorstellungsgespräch bei Ihrem Chef. Sie hat aber zu Hause ihre Bewerbungsmappe vergessen. Die wollte ich ihr noch schnell vorbeibringen."

„Es tut mir leid, aber eine Christin Smith hat bei uns keinen Termin. Zudem finden heute gar keine Bewerbungsgespräche statt. Mr Walker ist nämlich nicht im Haus."

„Was? Sind Sie sich da sicher?", hakte ich verdutzt nach.

„Absolut, Miss", war die knappe Antwort.

Verwirrt und geschockt zugleich verließ ich das Verlagsgebäude. In diesem Moment wurde mir bewusst, dass Christin mich belogen hatte, womöglich schon die ganze Zeit über. Doch weshalb? Was hatte meine Schwester zu verbergen?

Nachdem ich zu Hause angekommen war, rief mich Glen auf dem Handy an. Er hatte bereits etwas über die Kette herausgefunden. Wir vereinbarten, uns im Saint Mary's Park zu treffen.

Es war sechs Uhr, als ich am Eingangstor des Parks stand und auf Glen wartete. Ob Christin inzwischen zu Hause war, wusste ich nicht. Ich konnte es immer noch nicht fassen, dass meine Schwester mich anlog. Ich war so sehr in meine Gedanken versunken, dass ich es gar nicht merkte, als Glen neben mich trat.

Ich fuhr erschrocken zusammen. „Wo ist Dina?", fragte ich ihn, anstatt ihn zu begrüßen.

„Sie musste zur Polizei, um ihre Aussage zu vervollständigen."

„Oh, okay. Was hast du herausgefunden?", fragte ich ungeduldig.

„Es ist nicht viel, aber ich weiß sicher, dass *NY* am Ende der Gravur *New York* bedeutet, und *SL* könnte die *SL Benefica Transportation Inc.* in der 344 Tiffany Street sein. Doch sicher ist das nicht, denn ich bin nur von Firmen in der Bronx ausgegangen. In New York gibt es eine Menge Firmen, die *SL* als Kürzel verwenden."

„Wow, das ist mehr, als ich in so kurzer Zeit von dir erwartet habe. Also SL Benefica Transportation Inc. und New York. Was sagt uns das?"

„Nicht viel. Nur, dass es etwas mit dieser Stadt zu tun hat."

Glen war schlauer, als ich dachte. Er hatte in so kurzer Zeit mehr herausgefunden, als ich es jemals gekonnt hätte. Im Yankee Club war er deutlich schüchterner und zurückhaltender gewesen, aber wenn man mit ihm alleine war, verhielt er sich wesentlich selbstbewusster.

„Hast du was von Skip gehört?", fragte ich ihn, nachdem wir eine Weile geschwiegen hatten.

„Nein, seit dem Anschlag ist er wie vom Erdboden verschluckt."

„Hast du es auf seinem Handy versucht?"

„Ja, es ist ausgeschaltet."

Ich schwieg, da ich diese Antwort erwartet hatte.

Wir standen noch eine Zeit lang vor dem Parktor, ohne ein weiteres Wort miteinander zu wechseln. Ich genoss es, jemanden an meiner Seite zu haben, der mich unterstützte und dem ich vertrauen konnte. Ich fühlte mich zum ersten Mal seit Langem geborgen.

Doch irgendwann verabschiedeten wir uns voneinander und ich ging nach Hause. Christin sollte bis dahin ebenfalls zurück sein. Also machte ich mich bereit, sie mit ihrer Lüge zu konfrontieren. Ich war sauer auf sie, denn ich fühlte mich hintergangen. Vor unserer Haustür blieb ich einen Moment stehen und atmete tief durch. Dann betrat ich den Flur.

Meine Schwester kam mir wie erwartet entgegen. „Hey, wo warst du?", fragte sie mich strahlend.

Ohne darauf einzugehen, platzte ich heraus: „Wieso lügst du mich an?"

„Was? Wieso sollte ich dich anlügen?" Verdattert blickte sie mich an.

„Das habe ich mich auch gefragt, Christin."

„Was ist denn passiert, Katie?"

Ich erzählte ihr, wie ich nach Hause kam, die Mappe auf dem Küchentresen sah und sie ihr vorbeibringen wollte. Abschließend sagte ich: „Wenn du mich das nächste Mal anlügst, schreib bitte keine falsche Adresse dazu, ja?"

An Christins Blick erkannte ich ihre Schuldgefühle. Ich hatte meiner Schwester schon immer viel Ärger gemacht, aber angelogen hatte ich sie noch nie. Es war wie ein Stich ins Herz für mich, von der einzigen Person, die ich nach dem Unfall noch liebte, hintergangen worden zu sein.

„Deine ganzen Bewerbungstermine, die du hattest, waren die alle nur erlogen?"

Christin wusste, dass sie nun die Wahrheit sagen musste, denn ich hatte sie durchschaut. „Ja, es stimmt. Ich hatte noch nie ein Bewerbungsgespräch." Sie senkte schuldbewusst den Kopf.

Immer mehr Ungereimtheiten fielen mir nun ein, doch ich stellte ihr nur eine Frage: „Warum, Christin? Warum lügst du mich an?"

Darauf bekam ich keine Antwort. Stattdessen marschierte sie unter meinem Blick in die Küche. In diesem Moment erkannte ich, dass ich ihr nicht mehr vertrauen konnte. Vielleicht hatte sie sogar etwas mit dem Anschlag zu tun. Denn ich wusste nicht, wo sie sich aufhielt, wenn sie das Haus verließ. Aber das war eigentlich unvorstellbar für mich, deshalb sprach ich diesen Vorwurf nicht laut aus. Sie hatte mir ohnehin gesagt, was ich hören wollte. Sauer, verletzt, geschockt und enttäuscht eilte ich in mein Zimmer, packte meine Sachen und verließ das Haus. Ich brauchte Abstand. Es war so viel passiert in letzter Zeit, dass klares Denken für mich fast nicht mehr möglich war.

9

Ich rief Glen und Dina an, während ich in Richtung nirgendwo lief. Nachdem ich mich einigermaßen gefangen hatte, traf ich die beiden im Saint Mary's Park und erzählte ihnen, was passiert war.

Dina bot mir an, übergangsweise bei ihr und ihrer Mutter zu wohnen. „Sie hat nichts dagegen", sagte sie bestimmt.

Obwohl ich das für eine nette Geste hielt, lehnte ich das Angebot ab. Wer konnte schon wissen, was noch alles passieren würde? Ich wollte Dinas Familie da raushalten, ebenso wie Glens.

Noch an diesem Abend wollte ich zur SL Benefica Transportation Inc. fahren. Als wir die richtige Buslinie gefunden hatten, machten wir uns fest entschlossen gemeinsam auf den Weg. In der Saint Ann's Avenue, gleich neben dem Saint Mary's Park, stiegen wir in den Bus. Da der Weg bis zu unserem Ziel weit war, stellten wir uns auf eine längere Fahrt ein. Wir kurvten über den halbe Southern Boulevard, dann bogen wir in die Leggett Avenue ab, die über eine blaue Brücke führte. Dann ging es weiter geradeaus. Schließlich bogen wir ab in die Randall Avenue und fuhren an unserem Ziel vorbei, da sich direkt bei der Firma keine Bushaltestelle befand. Schließlich bogen wir rechts ab in die Halleck Street und hielten gegenüber von einem Truckerparkplatz an. Nun mussten wir neun Häuserblöcke zurücklaufen.

Dabei achteten wir darauf, dass uns niemand folgte, insbesondere kein schwarzer Van. Als wir mit schmerzenden Beinen in der Tiffany Street angekommen waren, erstrahlte die SL Benefica Transportation Inc. in einem fast schon düsteren Licht. Das einstöckige Bauwerk bestand aus braunen und schwarzen Ziegelsteinen, die ihre beste Zeit hinter sich hatten. Vor dem Gebäude parkte ein weißer Truck, auf dem der Name des Unternehmens in goldener Schrift prangte. Direkt über dem riesigen Garagentor der Halle befand sich ein rotes Firmenschild. Das Tor war wirklich gigantisch.

Die Tür rechts daneben wirkte im Vergleich richtig mickrig. Auf dem rostigen Firmenschild stand neben dem Namen des Unternehmens die dazugehörige Telefonnummer in vergilbten Buchstaben: *5895427*. Die verdreckten Entlüftungsventilatoren des Gebäudes rundeten das schmuddelige Bild ab. Zusätzlich befanden sich neben dieser Firma zwei andere Transportunternehmen, die optisch exakt den gleichen Weg einschlugen und somit nicht vertrauenswürdiger erschienen. Wir konnten das Gebäude allerdings nur von draußen begutachten, da niemand mehr zu dieser späten Stunde arbeitete.

Während wir vor der Firma standen, starrte ich immer wieder auf meine Kette, um eine Verbindung zwischen den beiden Dingen zu finden. Doch plötzlich wurde die SL Benefica Transportation Inc. zur Nebensache, als ich auf der anderen Straßenseite Drake und Amy vorbeischlendern sah. Was machte er so spät in dieser Gegend?

Als er bemerkt hatte, dass mein Blick ihnen folgte, senkte er den Kopf. Es tat immer noch weh, die beiden zusammen zu sehen.

Als Dina erkannte, dass ich nicht mehr ganz bei der Sache war, fragte sie besorgt: „Alles okay, Katie?"

„Ja, alles in Ordnung. Lasst uns gehen. Es wird uns mehr bringen, wenn wir morgen wiederkommen." Ohne ein weiteres Wort machten wir uns auf den Rückweg. Unterdessen grübelte ich, wo ich einen sicheren Ort zum Schlafen finden sollte.

Als wir am Saint Mary's Park angekommen waren, fragte mich Dina erneut, ob ich nicht mit zu ihr kommen wollte. Doch ich lehnte erneut ab. Die beiden verabschiedeten sich unwillig und gingen davon. Ich stand noch eine ganze Weile auf der Brücke im Saint Mary's Park. Es war erstaunlich ruhig um diese Uhrzeit. Da ich immer noch obdachlos war, hoffte ich auf eine laue und trockene Nacht.

Und zum allerersten Mal in meinem Leben trat das, was ich mir erhofft hatte, ein. Ich ging zu einer Parkbank, sie war eiskalt, aber etwas Besseres hätte ich nur zu Hause gefunden. Ich holte eine Decke hervor, die ich in meine Tasche gepackt hatte, und wickelte mich darin ein. Inzwischen war mein Po schon so kalt, dass es schmerzte. In diesem Moment dachte ich, dass Kälte ein sehr gutes Mittel war, um jemanden wachzuhalten.

Nach einer Weile störte es mich allerdings nicht mehr, dass die Bank hart und kalt war. Ich schlief ein und träumte von dem Autounfall und wie meine Mom gefragt hatte, ob alles okay sei. Dann verschwamm das Bild. Ich machte einen Sprung, stand vor der SL Benefica Transportation Inc. und träumte davon, wie Dina mich gefragt hatte, ob alles in Ordnung sei. An diesem Punkt sah ich erneut Drake und Amy. Weil sich nun alle Bilder unkontrolliert miteinander vermischten, wachte ich auf.

Erschrocken blickte ich zur Parkuhr, die halb vier anzeigte. Ich überlegte, nach Hause zu gehen, um vielleicht doch noch zwei Stunden erholsamen Schlaf zu finden.

Gedacht, getan. Völlig übermüdet lief ich in Richtung warmes, kuscheliges Bett. Auf dem Weg dorthin schoss mir durch den Kopf, dass die Buchstaben *SL* auf der Kette vielleicht gar nicht SL Benefica Transportation Inc. bedeuteten, sondern etwas völlig anderes.

Völlig in Gedanken versunken, war ich bereits in unserer Straße angelangt und stand etwa fünf Meter von unserem Auto entfernt, als dieses plötzlich explodierte. Ich wurde von einer gewaltigen Kraft zurückgeschleudert und schätzungsweise zehn Meter entfernt zu Boden geworfen.

Mit schmerzverzerrtem Gesicht rappelte ich mich auf. Mein Kopf brannte, als ich bemerkte, dass durch den Druck der Explosion die Scheiben unseres Hauses sowie die der Nachbargebäude zerbrochen waren. Ein anderes Auto hatte ebenfalls Feuer gefangen. Zusätzlich ging die Alarmanlage zweier weiterer Fahrzeuge los.

Völlig überrascht rannte ich, inklusive Platzwunde am Kopf, ins Haus. Tatsächlich war es leer. Mir wurde schwindelig. Als ich das Licht einschaltete, sah ich, dass jemand alles demoliert hatte.

„Christin! Christin! Oh mein Gott!“ Das war alles, was ich herausbrachte, als ich mein verwüstetes Zimmer betrat und den mit roter Farbe an die Wand geschriebenen Satz sah:

Wir finden ES, genauso wie DICH und deine SCHWESTER!

In diesem Augenblick wurde mir so schlecht, dass ich mich übergeben musste, und zwar direkt auf meinen Zimmerboden. Plötzlich spürte ich einen winzigen Glassplitter, der in der Platzwunde steckte. Sie wollten ES, MICH und meine SCHWESTER. Doch ich wusste selbst nicht, wo Christin sich im Moment aufhielt. In ihrem Bett lag sie auf jeden Fall nicht.

Ich wusste nur, dass ich jetzt auf mich allein gestellt war. Als wäre das noch nicht schlimm genug gewesen, bemerkte ich, dass Spike im Badezimmer eingeschlossen war. Er war nicht tot, aber schwer verwundet.

„Spike, was haben sie nur mit dir gemacht?" Er jaulte und jammerte als Antwort. Der Hund war mein bester Freund, für den ich alles gegeben hätte. Also wickelte ich ihn in meine Decke, nahm ihn auf den Arm und rannte zur viel befahrenen 3rd Avenue.

Dort versuchte ich alles, um so schnell wie möglich ein Taxi anzuhalten. Dies funktionierte aber erst nach einigen wertvollen Minuten. Ich setzte mich in das rettende Fahrzeug, das von der matschigen Straße völlig verdreckt war. Zudem fielen mir unzählige Dellen an der Karosserie auf. Das gelbe verbeulte Blech zierte die Aufschrift *NYC Taxi Bx* und die Nummer *5G77*. Während ich darauf wartete, dass der Taxifahrer losdüste, behielt ich Spike auf dem Arm.

Der etwas dickliche und ziemlich ungepflegte Fahrer drehte sich um. „Hey, der Köter wird mir die Sitze versauen! Der muss draußen bleiben", schimpfte er.

Durch seine rüde Art machte er mich extrem sauer. „Sehen Sie nicht, dass der Hund schwer verletzt ist? Sie rücksichtsloses und arrogantes Arschloch! Sie fahren mich jetzt sofort zum nächsten Tierarzt, sonst schmeiß ich Ihren fetten Arsch aus der Karre und fahre selbst!"

Auf diese klare Ansage hin erntete ich nur einen erstaunten Blick. Dann drehte er sich wieder nach vorne und brauste los.

Die nächste Tierklinik war nur etwas mehr als einen Kilometer entfernt. Als wir dort ankamen, meinte der Taxifahrer: „Das macht vier Dollar." Daraufhin bedachte ich ihn mit einem bitterbösen Blick und er korrigierte sich: „Okay, die Fahrt wird nicht berechnet."

Ich stürzte mit Spike in die Klinik und er wurde sofort in die Notaufnahme gebracht. Auch meine Platzwunde wurde gereinigt und versorgt. Der Arzt, der mich untersuchte, stellte mir skeptisch die Frage, wie das passiert sei. Ich gab ihm eine nicht wirklich logische Antwort. Er vermutete, ich hätte eine Gehirnerschütterung. Aber ich konnte ihn davon überzeugen, dass es mir gut ginge und ich nicht stationär behandelt werden müsse. Doch das war glatt gelogen.

Inzwischen war es halb sechs Uhr morgens und mir sah man die Strapazen der Nacht an. Während ich im Flur auf Nachrichten von Spike wartete, rief ich Glen und Dina an. Ich erklärte ihnen die Situation und teilte ihnen mit, dass sie heute nicht zur Schule gehen konnten, weil ich sie um Punkt zehn Uhr auf der Brücke im Saint Mary's Park erwarten würde. Danach setzte ich mich erneut auf einen Stuhl und wartete ungeduldig. Dabei spielte ich nervös mit meiner Kette, die ich, seit Rachel erschossen worden war, bei mir trug.

Plötzlich fiel mir das Foto ein, das noch immer in meiner Nachttischschublade lag. Ich blickte mich um und dachte, wenn ich schnell genug nach Hause rannte, würde ich rechtzeitig wieder da sein, wenn Spike aus der Notaufnahme kam.

Wieso ich das Foto holen wollte? Na ja, in diesem Moment hatte ich das Gefühl, etwas Wichtiges übersehen zu haben. Also sprintete ich los.

10

Es kam mir vor, als wäre ich um mein Leben gerannt. Meine Lunge brannte und für eine Sekunde glaubte ich, in Ohnmacht zu fallen. Allerdings verschwanden diese Sorgen in dem Augenblick, als ich in unsere Straße einbog, als ob ein Schalter umgelegt worden wäre. Denn von Weitem sah ich bereits die Blaulichter dreier Polizeifahrzeuge blinken. Auch die Feuerwehr und ein Krankenwagen trafen gerade mit lautem Sirenengeheul ein.

Ich näherte mich dem Haus, versteckte mich aber hinter einem parkenden Fahrzeug, denn ich wusste, wenn mich die Nachbarschaft zu Gesicht bekam, hätte ich keine Möglichkeit mehr, von hier zu verschwinden. Außerdem hatte ich auf eine weitere Zeugenaussage keine Lust.

Die Bewohner der umliegenden Häuser wurden so schnell wie möglich evakuiert. Ich sah ihre geschockten Gesichter. Ein älterer Mann wurde auf einer Trage in den Krankenwagen geschoben. Er hatte vermutlich wegen des Schocks einen Herzinfarkt erlitten. Doch ich wusste, ich brauchte dieses Foto, um dem Geheimnis hinter diesem Anschlag näher zu kommen. Ich nahm allen Mut zusammen, um ungesehen in das Haus zu gelangen. Durch eine spontane, aber effektive Versteckchoreografie schaffte ich es. Ich duckte mich geschickt hinter parkende Autos, Hecken am Straßenrand und andere Hindernisse auf meinem Weg, die mir gut zupasskamen. Und schließlich stand ich in unserem Zuhause.

Erneut betrat ich mein Zimmer, achtete aber nicht auf den Spruch an der Wand, sondern öffnete zielstrebig die Schublade meines Nachttischchens. Das Foto lag noch an seinem Platz. Man konnte von Glück reden, dass die unheimlichen Eindringlinge das Bild nicht entdeckt hatten und dass die Spurensicherung der Polizei noch nicht eingetroffen war. Was mich betraf, setzte ich mich nun erleichtert auf mein Bett und nahm mir die Zeit, das Foto noch einmal detailliert zu betrachten. Dazu verwendete ich meinen ganzen Restbestand an Konzentration, der nach gut 22-stündigem Wachsein extrem gering ausfiel. Doch plötzlich erspähte ich im Hintergrund des Bildes, jedoch ziemlich weit weg von dem fremden Mann, einen Brunnen. Wieso war er mir nicht schon früher aufgefallen? Unwichtig, das war eine Spur.

Der Brunnen bestand aus einem riesigen Quadrat mit kleineren Halbkreisen an jeder Seite. Aus jeder der vier Ecken des Bassins spritzte ein Wasserstrahl in die Mitte. An den Seiten waren Fontänen zu sehen, die in die anschließenden Halbkreise hineinsprudelten. In der Mitte des quadratischen Beckens erhob sich eine Art zweistöckiger Tellerbrunnen, auf dessen Spitze eine goldene Figur thronte.

Es ist wirklich nicht einfach, den Brunnen richtig zu beschreiben. Noch schwieriger war allerdings festzustellen, wo er sich befand. Eins war sicher: In der Bronx gab es solch einen Brunnen nicht.

Vielleicht verriet mir meine Kette, wo er stand?

Da durchdrang mich ein Geistesblitz. *CHPF, City Hall Park Fountain.* Dieser bekannte Brunnen befand sich im Herzen der Stadt, in Manhattan. Sicher war ich mir meiner Sache allerdings nicht, der Einzige, der mir weiterhelfen konnte, war Glen. Ich steckte das Foto ein und machte mich auf den Weg nach unten. Mit der gleichen Taktik wie zuvor wollte ich das traute Heim wieder verlassen. Leider hatte ich dieses Mal nicht so viel Glück.

Unvermutet stand ich plötzlich einem Polizeibeamten gegenüber. „Wer bist du denn?“, fragte er mich überrascht. Erschrocken blickte ich ihn an und rannte davon, zurück zur Klinik.

Noch eine ganze Weile sprintete der Polizist hinter mir her und rief immer wieder: „Hey! Hey! Stehen bleiben!“

Doch mit ein wenig Glück und durch einen ausgeprägten Adrenalinschub, der mich antrieb, entwischte ich ihm. An der Tierklinik angekommen, befand sich Spike immer noch in der Notaufnahme. Es vergingen weitere zwei Stunden, bis der Arzt zu mir kam. Er sagte, Spike hätte zwar viel Blut verloren, aber er sei auf einem guten Weg.

„Dank dir“, ergänzte der Doktor. Allerdings müsse mein Hund noch ein paar Tage hierbleiben, um sich zu erholen. Ich war unendlich erleichtert über diese Nachricht. Noch einmal erkundigte sich der Arzt, ob es mir wirklich gut ginge. Seinem Blick war anzumerken, dass er meine Antwort bereits kannte. Und tatsächlich versicherte ich ihm, alles wäre okay, auch wenn dies gelogen war.

Aber für mich war es an der Zeit, in den Saint Mary's Park zu gehen, um meine Freunde zu treffen. Ich wollte keine unnötige Zeit mehr verlieren, deshalb beeilte ich mich. Am Eingang erwarteten mich Dina und Glen bereits. „Hallo!", sagte ich knapp.

„Wie geht es dir?", fragte Dina besorgt.

„Sagen wir es so: Ich hab mich schon mal besser gefühlt", entgegnete ich emotionslos.

„Und wie geht es Spike?", wollte Glen wissen.

„Er hat die Operation gut überstanden", gab ich fast schon kraftlos Auskunft. Wir hatten nicht die Zeit, einen Small Talk zu halten, also kam ich zur Sache. „Seht euch das Foto an. Dort im Hintergrund, seht ihr diesen Brunnen? Das ist doch die City Hall Park Fountain."

„Und das sagt uns was?", fragte Glen in einem *Ich verstehe nur Bahnhof*-Ton.

Erneut zeigte ich ihnen die Kette. „Könnte es nicht sein, dass *CHPF* auf dem Anhänger *City Hall Park Fountain* bedeutet?"

Glen schnappte sich das Foto, um es genauer zu betrachten. Dina und ich starrten ihn voller Erwartung an, während er grübelte und dann plötzlich rief: „Katie, du hast recht! Das bedeutet City Hall Park Fountain. Wieso ist mir das nicht früher eingefallen?"

Es herrschte für einen Moment nachdenkliche Stille.

„Warte mal, steht dieser Brunnen nicht in Manhattan?", fragte Dina. „Ganz genau", bestätigte ich.

„Also, worauf warten wir dann noch?", versuchte Dina uns zu motivieren. Als wir schon zur U-Bahn-Station laufen wollten, fiel mir etwas ein. „Moment mal, es ist vielleicht zu gefährlich, bis nach Manhattan öffentliche Verkehrsmittel zu benutzen."

„Stimmt, vielleicht verfolgen die Mörder uns und schießen noch einmal", sprach Dina meine Befürchtungen aus.

„Mein Bruder könnte uns nach Manhattan fahren", meinte Glen.

„Ich will eure Familien da nicht mit reinziehen", lehnte ich das Angebot rücksichtsvoll ab.

„Entweder mein Bruder oder die Unsicherheit in den öffentlichen Verkehrsmitteln. Eine andere Möglichkeit gibt es nicht."

Schließlich lenkte ich ein, dies war tatsächlich unsere einzige Option. „Na gut, ruf deinen Bruder an. Sag ihm, er soll so schnell wie möglich herkommen und im Wagen auf uns warten."

Als Glens großer Bruder am Parkeingang eintraf, durchdrang mich der beunruhigende Gedanke, dass auf dem Weg nach Manhattan alles Mögliche passieren konnte. Vielleicht war dies das letzte Mal, dass ich in der Bronx war?

Glens Bruder, der auf den Namen Joe hörte, ließ uns in seinen roten VW Polo, der schon ein älteres Modell war, einsteigen und fuhr los. Er wusste bereits, dass er uns nach Manhattan bringen sollte. Eine seltsame Stimmung machte sich im Wagen breit, alle waren angespannt. Joe bog in die Straße ein, in der Christins und mein Haus stand. Als wir daran vorbeifuhren, nahm ich erst wahr, wie zerstört es eigentlich war. In der Nacht hatte man dies nicht genau erkennen können. Die Fensterscheiben waren zum größten Teil zersplittert und an der Tür klebten zwei gelbe Absperrbänder der Polizei in Kreuzform übereinander. Da ich hinten rechts saß, konnte ich den Blick noch eine Weile auf dem demolierten Haus ruhen lassen. Bis Joe nach links abbog, in die Willis Avenue. Auf dieser Straße blieben wir, bis wir ungefähr 20 Minuten später über die Willis Avenue Bridge nach Manhattan fuhren.

Diese Brücke bestand aus vielen großen und vermutlich sehr schweren milchkaffeebraunen Stahlträgern. Die Besonderheit der Überführung war ein kleines gleichfarbiges Häuschen, das inmitten der Brücke förmlich über den Autos schwebte.

Ziemlich genau darunter blieben wir stehen. Andauernd sahen sich Glen und Dina um, ob uns nicht jemand verfolgte. Währenddessen erklärte ich Joe, wie er fahren sollte, um möglichst wenig Angriffsfläche für eventuelle Verfolger zu bieten. Aus irgendeinem Grund war mir klar, dass wir nicht unbeobachtet nach Manhattan kommen würden.

Kurz darauf bemerkte ich einen schwarzen Van, der nur ein kleines Stück weiter vor uns stand, zwei andere Autos zwischen uns.

Automatisch stieg die Erinnerung an den Autounfall mit meinen Eltern in mir hoch, als mir in diesem Moment bewusst wurde, dass es kein Unfall gewesen sein konnte.

Instinktiv schrie ich: „Aussteigen!"

„Was, wieso?", fragten alle durcheinander.

„Aussteigen, und zwar sofort! Rennt los, macht schon!", rief ich.

Hastig kletterten wir aus dem Wagen und flitzten los. Ich wollte die Leute in den anderen Autos ebenfalls auffordern auszusteigen, doch ich kam nicht mehr dazu. In diesem Moment überfiel mich ein Déjà-vu.

Ein helles Licht, ein Knall! Das Einzige, was fehlte, war der Schrei.

Ich spürte ein Brennen auf der Haut und wie ich hart auf dem Boden aufschlug. Für einen Augenblick fühlte ich mich wie damals. Als ich versuchte aufzustehen, bot sich mir das gleiche Bild wie vor zehn Jahren. Allerdings tat sich etwa einen Meter von mir entfernt ein Abgrund auf. Die Explosion hatte die Hälfte der Brücke vernichtet. Um mich herum türmten sich auf dem Kopf stehende und verbrannte Autos. Der Anblick von Schwerverletzten und Toten oder vielmehr dem, was von ihnen übrig war, blieb mir nicht erspart. Ich spürte, wie mir übel wurde, doch ich musste die anderen finden. „Leute?", rief ich verzweifelt. Erst jetzt sah ich, dass mein rechter Arm riesige offene Brandblasen aufwies. Er roch fast schon etwas verkohlt. Das Blut floss daran hinunter bis zum Handgelenk. Es brannte und schmerzte höllisch. Ich hatte Glück, dass ich ein T-Shirt trug und meine Jacke im Wagen liegen gelassen hatte. Hätte ich etwas Langärmeliges angehabt, wäre meine Haut damit verschmolzen. Außerdem hatte meine Platzwunde am Kopf erneut zu bluten begonnen. Dieses Mal sogar noch stärker.

Einige Meter hinter mir entdeckte ich Glen, er lag bewusstlos auf dem Boden, während die Hälfte seines Oberkörpers schwere Verbrennungen aufwies. Seine Haut war zum Teil mit seinem T-Shirt verschmolzen. ER hatte weit weniger Glück gehabt als ich.

Dina und Joe saßen ein Stück weiter auf einem Autowrack. Ich rannte zu ihnen. „Alles in Ordnung?", fragte ich besorgt. Dann sah ich Joes Fuß, der fast vollständig angekokelt war.

Er weinte vor Schmerzen. „Oh Gott, das tut so weh!“, wiederholte er immer wieder.

Ich blickte zu Dina. „Hey, du musst mir helfen. Dort vorne liegt Glen“, sagte ich unsicher, weil ich nicht wirklich wusste, was wir nun tun sollten.

„Wir sind gleich wieder da“, verkündete Dina und Joe nickte.

Sofort eilten wir zu Glen. Im selben Moment traf der Rettungsdienst mit mehreren Hubschraubern ein. Die Sanitäter kümmerten sich um uns und die anderen Leute, besonders jedoch um Glen, der nach wie vor nicht zu Bewusstsein gekommen war. Unterdessen trafen einige Polizeiwagen sowie Fahrzeuge des Katastrophenschutzes ein.

Wir hatten großes Glück, denn wir wurden sofort ins North General Hospital geflogen und in die Notaufnahme gebracht. Dann weiß ich nicht mehr genau, was um mich herum passierte.

11

Ich träumte von dem Autounfall, der eigentlich kein Unfall gewesen war, sondern ein Anschlag auf meine Eltern.

Nie zuvor wahrgenommene Bilder traten in mein Gedächtnis. Sie waren zwar ein wenig verschwommen, aber ich konnte alles erkennen. Ich sah, wie mein Dad unser Gepäck ins Auto lud und ein kleines Kästchen vorne unter den Beifahrersitz legte. Plötzlich wechselte die Szenerie und wir standen auf der Autobahn im Stau. Meine Mom entnahm dem Kästchen das Foto und die Kette. Sie klebte das Halsband hinten an dem Bild fest und legte beides wieder zurück, während mein Dad zustimmend nickte. Kurz darauf erschien der schwarze Van und das helle Licht flammte auf.

Erschrocken und schweißgebadet fuhr ich hoch.

Ich sah mich um. Rechts neben mir lag Glen, sein Kopf war komplett mit Verbänden umwickelt. Er lag im Koma und wurde sogar beatmet. Für einen kurzen Moment wich sein Bild der Erinnerung an meine ebenfalls im Koma liegende Schwester. Joe lag auf Glens anderer Seite im Bett. Er schlief.

Mein Blick fiel auf den laufenden Fernseher, CNN berichtete von der Explosion auf der Brücke. Gebannt starrte ich auf den Bildschirm.

„Alles klar?", sprach mich plötzlich jemand von der Seite an.

Sofort wandte ich mein Gesicht nach links. Es war Dina, die einen Verband um den Kopf und im Brustbereich trug. Sie war kaum wiederzuerkennen.

„Dina?", stieß ich geschockt hervor und nahm dabei die blutigen Brandblasen an meiner Lippe wahr. „Hast du Schmerzen?", fragte ich mitfühlend.

„Im Moment nicht. Sie haben mir Schmerzmittel gespritzt. Und du?", gab sie zurück.

„Was?" Ich war geistig noch nicht völlig anwesend.

„Na ja, hast du Schmerzen?“, wiederholte sie.

„Ach so, nein. Sie haben mir wahrscheinlich etwas gegeben.“

„Aber sonst ist alles okay? Du hast doch irgendwas“, stellte Dina fest.

„Nicht wirklich, ich habe gerade von dem Unfall geträumt, durch den meine Eltern starben. Doch eigentlich war es gar kein Unfall, sondern ein Anschlag.“

„Wovon sprichst du bitte?“ Dina sah mich verständnislos an.

Ich hatte vergessen, dass ich meinen neuen Freunden nie davon erzählt hatte, dass meine Eltern gestorben waren. Doch nun war der perfekte Moment gekommen, um das nachzuholen.

Sobald ich meinen Bericht beendet hatte, sagte Dina überwältigt: „Wow, und du glaubst wirklich, dass die Kette in deinem Traum die gleiche ist wie diejenige, die du um den Hals trägst?“

„Ja, da bin ich mir sicher.“

„Kann ich sie noch einmal sehen?“

„Klar“, erwiderte ich, doch dann bemerkte ich, dass ich das Schmuckstück nicht mehr um den Hals trug. Man hatte es mir abgenommen. Ohne zu zögern stand ich auf. Ich sah zwar alles doppelt, begann aber dennoch hektisch, die Schränke zu durchsuchen. Ich fand zunächst nur Joes, Glens und auch Dinas Kleidung. Erst im letzten Schrank hingen meine Sachen. Erleichtert fischte ich die Kette aus meiner angebrannten Hose.

Nachdem ich mich wieder aufs Bett gesetzt und Dina das Halsband gegeben hatte, starrte sie es eine Weile wortlos an, bis sie schließlich sagte: „Mein Dad ist auch gestorben.“ Völlig überrumpelt wusste ich nicht, was ich darauf antworten sollte, und ließ sie einfach weitersprechen. „Es ist ein Jahr her und doch kommt es mir so vor, als wäre es erst gestern gewesen.“ Zwischen uns trat Stille ein, nur noch die Stimmen aus dem Fernseher waren im Hintergrund zu hören. Dann sah Dina mich direkt an und begann zu weinen. „Weißt du, ich vermisse ihn sehr.“

In diesem Moment veränderte sich unsere Freundschaft, denn ich stand auf und setzte mich zu ihr aufs Bett, nahm sie, so gut es mit unseren Verletzungen ging, in den Arm und tröstete sie. Sie meinte, sie habe mir das erzählt, um mir das Gefühl zu geben, mit meinem Kummer nicht alleine zu sein.

„Danke, Dina. Durch dich fühle ich mich nicht mehr einsam." Es war die Wahrheit, denn ich begriff, dass sie recht hatte. Bis zu diesem Augenblick hatte ich mich allein und hilflos gefühlt. Nun war Dina neben meiner Schwester die Einzige, die meinen Kummer wirklich verstand. Bedingungsloses Vertrauen erfüllte mich. Ich gestand: „Sei froh, dass du deinen Gefühlen freien Lauf lassen kannst. Seit meine Eltern gestorben sind, habe ich nie wieder geweint oder es zugegeben, wenn es mir schlecht ging. Ich denke, ich habe es nie verkraftet, dass sie mich nie wieder in den Arm nehmen werden. Mein Herz ist gebrochen, genauso wie damals. Es ist nie wieder geheilt. An jedem einzelnen Tag spüre ich den endlosen Schmerz. Er ist wie ein schwarzes Loch in mir, das alles verschlingt und keine Emotionen zulässt." Dina hatte sich beruhigt und hörte mir jetzt aufmerksam zu. „Vielleicht ist das auch der Grund, warum ich ein Emo geworden bin. Um mein Inneres nach außen zu kehren."

Es fühlte sich gut an auszusprechen, was mich seit dem Unfall quälte. Dazu hatte mich der Psychotherapeut, den ich als kleines Mädchen aufsuchen musste, nicht gebracht. Ich fühlte mich erleichterter, denn ein kleiner Teil der Last war von meinen Schultern genommen worden. Dina und ich genossen den Moment, der uns so viel Kraft gab.

Irgendwann wachte Joe auf.

„Hey, wie geht es dir?", begrüßte ich ihn fürsorglich.

„Glaubst du, die haben mir mein Bein abgenommen?", fragte er mich, geradeaus ins Leere starrend.

„Ich ... ich weiß es nicht, Joe", stammelte ich unsicher.

„Kannst du bitte nachsehen?", bat er mich ängstlich.

Ich blickte erschüttert zu Dina, stand aber dennoch auf, um Joe diesen Gefallen zu tun. Nachdem ich seine Bettdecke angehoben und nachgesehen hatte, verkündete ich strahlend: „Wenn du willst, kannst du in ein paar Monaten einen Marathon mitlaufen."

Wir lachten erleichtert, Joe natürlich am lautesten. Ich hätte es mir selbst nicht verzeihen können, wenn sein Bein tatsächlich amputiert worden wäre.

Doch es folgte der noch schwierigere Teil, als Joe fragte: „Was ist mit meinem Bruder?" Er sah zu ihm hinüber und Panik erfasste ihn. „Wieso wird er beatmet?"

Ich konnte seine Reaktion verstehen. Das Gleiche hatte ich damals bei meiner Schwester empfunden.

Doch Dina versuchte, ihn zu beschwichtigen: „Beruhig dich, Joe, es ist nicht so schlimm, wie es aussieht."

„Nicht so schlimm! Bist du irre?"

„Joe, der Arzt war vorhin da, als du noch geschlafen hast. Er hat gesagt, dass Glen aufgewacht sei, bevor man ihn ins Koma gelegt hätte. Das Ganze ist nur eine Vorsichtsmaßnahme."

Von uns allen hatte Glen die schlimmsten Verletzungen davongetragen, vor allem am Kopf und Rücken. Dort hatte er bereits Verbrennungen dritten Grades.

Es war bereits 19 Uhr abends und meine Schmerzen wurden schlimmer. Ich konnte nicht schlafen. Zudem machte mich der Gedanke, noch eine Weile im Krankenhaus ausharren zu müssen, völlig verrückt. Am liebsten wäre ich gemeinsam mit den anderen abgehauen. Doch unsere Verletzungen waren zu schwerwiegend. Aber ich musste unbedingt wissen, ob *CHPF* wirklich *City Hall Park Fountain* bedeutete.

Im Krankenhaus wurde es langsam ruhiger, das geschäftige Treiben auf den Gängen nahm ab. Dina und Joe schliefen bereits tief und fest. Unruhig wälzte ich mich im Bett herum, doch irgendwann verließ auch mich meine Kraft und völlig erschöpft schlief ich trotz meines Kummers ein.

Am nächsten Morgen wachte ich als Letzte auf. Dina und Joe waren schon eine Weile auf den Beinen. Sie frühstückten in ihren Betten und sahen dabei fern. Auch mir war bereits das Essenstablett hingestellt worden. Es duftete nach frischen Brötchen und einer warmen Tasse Kakao. Ich setzte mich auf. Dabei machten sich starke Kopfschmerzen bemerkbar. Ob es den anderen auch so ging?

„Guten Morgen, Langschläferin", versuchte Joe mich zu necken. Doch sein Grinsen war nicht echt, ausschließlich seine Mundwinkel bewegten sich.

Ich erwiderte diese Grimasse allerdings nicht. Ein nachdenkliches „Morgen" war alles, was ich hervorbrachte. Kurz darauf drehte sich mein Kopf in Dinas Richtung.

„Guten Morgen, Katie", sagte sie niedergeschlagen.

Ich nickte nur. Wie sarkastisch es klang, jemandem einen guten Morgen zu wünschen, der am Tag zuvor nur knapp dem Tode entronnen war. Essen konnte ich nicht. Allein beim Anblick der Mahlzeit hätte ich mich übergeben können. Lediglich meinen Kakao trank ich. Das war auch das Letzte gewesen, was ich mit meiner Schwester zusammen getan hatte. Vielleicht schlürfte ich ihn deswegen, weil meine Schwester mir fehlte.

Die ganze Zeit über grübelte ich, wie es nun weitergehen sollte. Ich wollte meinen Freunden sagen, dass es jetzt an der Zeit sei, aus dem Krankenhaus abzuhauen. Aber ich wusste, dass dies nicht so einfach werden würde.

Zu unserem Glück bekamen wir eine Stunde vor dem Mittagessen noch einmal Schmerzmittel gespritzt und kurz darauf ließen die Qualen nach. Der Moment war gekommen, um einen Fluchtversuch zu wagen.

Auffordernd sah ich Dina an, sie erwiderte meinen Blick. „Es wird Zeit", sagte ich bloß und sie verstand sofort, was ich meinte. Mit schmerzverzerrtem Gesicht stand sie auf und zog sich, so schnell es ging, an.

Da Joe schlief, weckte ich ihn vorsichtig. „Hey, Joe."

Er murmelte verschlafen: „Was ist? Ist Glen wach?"

„Nein. Aber es wird Zeit weiterzuziehen."

Er richtete sich auf und ließ sich behutsam in den Rollstuhl fallen, der vor seinem Krankenlager stand. Eigentlich war dieser nur dafür vorgesehen, um ihn zur Toilette zu bringen. Währenddessen zog ich mich ebenfalls an.

Kurz bevor wir uns rausschleichen wollten, rollte Joe zu Glens Bett, starrte seinen Bruder an und sagte zweifelnd: „Bist du sicher, dass wir ihn hier allein lassen können, Katie?"

„Ja, er ist hier gut aufgehoben."

„Was ist, wenn wir nicht mehr wiederkommen?"

„Das wird nicht passieren." Ich versuchte, überzeugend zu klingen.

Dina und Joe sahen mich an, als wollten sie einwenden: „Wieso bist du dir da so sicher?"

Die Wahrheit war, dass ich selbst Angst hatte, nicht mehr zurückzukehren. Doch das würde die beiden nur noch mehr verunsichern, also behielt ich diese Furcht für mich. Dina öffnete die Zimmertür und blickte im Korridor nach rechts und links. „Die Luft ist rein. Kommt schon." Sie winkte uns nervös nach draußen. Zügig liefen wir den Gang hinunter bis zum Lift. Hektisch drückte ich den Knopf des Fahrstuhls.

„Komm schon", sagte Joe gereizt.

Doch plötzlich vernahmen wir herannahende Schritte. Es hörte sich an, als unterhielten sich zwei Ärzte über einen Patienten. Leise humpelten wir davon, bis zu einer Tür, auf der in schwarzen Buchstaben Notausgang stand.

„Das ist unsere Rettung", sagte ich erleichtert.

„Halt, stopp!", schrie Dina, unmittelbar bevor ich die Tür aufstoßen wollte. „Notausgänge sind normalerweise alarmgesichert. Wenn du die Tür öffnest, kommen wir garantiert nicht unerkannt hier raus. Falls wir es überhaupt schaffen."

Ich zögerte und sah meine beiden Gefährten ratlos an.

Joe ergänzte: „Der Alarm sendet mit Sicherheit ein Notsignal an die Feuerwehr."

Unsicher, was nun zu tun wäre, sah ich mich im Korridor des Krankenhauses um. Unmittelbar hinter meinen Freunden standen zwei große hellblaue Wäschewagen. „Kommt mit, Leute. Ich habe eine Idee", raunte ich ihnen zu, während ich zielstrebig auf meine Entdeckung zulief.

Da die Wäschewagen direkt neben einer Tür mit der Aufschrift Personalumkleide standen, vermutete ich darin Ärzte- und Schwesternkittel. Doch zuerst sahen wir uns vorsichtig um, dann blickten wir in die Wäschewagen.

„Perfekt", grinste ich. „Los, zieht das an." Ich warf jedem ein grünes OP-Hemd, einen hellgrünen Mundschutz und eine blau schimmernde Haube zu.

„Igitt! An meinem hängt noch Blut." Dina starrte geschockt auf ihren OP-Kittel.

„Bist du sicher, Katie, dass uns diese Verkleidung helfen wird, hier rauszukommen?", fragte Joe skeptisch.

„Sicher bin ich mir nicht. Aber es ist einen Versuch wert."

Nachdem unser Umstyling beendet war, hasteten wir voller Anspannung zurück zum Lift. Anders als noch vor wenigen Minuten war nun eine ganze Menge an Ärzten, Schwestern und frisch eingelieferten Patienten auf dieser Etage unterwegs. Es schien wohl ein größeres Unglück passiert zu sein.

Nach kurzem Warten öffneten sich die Türen des Fahrstuhls. Unsicher betraten wir den Aufzug, in dem bereits zwei Schwestern und ein Patient darauf warteten, ins nächste Stockwerk zu gelangen.

In diesem Augenblick schlug mir mein Herz bis zum Hals. Dina hielt nervös die Schiebegriffe von Joes Rollstuhl fest.

Endlich erreichten wir das Erdgeschoss, die Türen öffneten sich und wir verließen den Lift. Da die hier anwesenden Schwestern und Ärzte allesamt vollauf mit neu eingelieferten Patienten beschäftigt waren, bemerkte niemand, dass wir in unseren OP-Outfits zum Ausgang des Krankenhauses schritten. Schon schwang die automatische Schiebetüre zur Seite.

Als ich gerade im Begriff war, durch den rettenden Ausgang ins Freie zu marschieren, rempelte mich ein Mann an, der die Klinik betrat, er streifte dabei unsanft meinen verwundeten Arm. „Oh, Verzeihung", presste er hervor und lief gestresst weiter.

Aber mein Arm tat höllisch weh. Ich fiel auf die Knie und hielt meine Schulter fest. „Verdammt!", schrie ich gequält. Damit zog ich ungewollt die ganze Aufmerksamkeit auf uns.

„Katie?" Dina beugte sich zu mir.

„Ist bei Ihnen dort vorne alles in Ordnung?", rief eine ziemlich korpulente Krankenschwester, während sie langsam auf uns zuschritt.

„Oh Gott!", war alles, was ich herausbrachte. Das Brennen in meinem Arm war unerträglich.

„Katie, bitte, steh auf", flüsterte Dina, während sie die Krankenschwester furchtsam anstarrte. „Los, Katie, nun mach schon." Meine Freundin zog mich hoch.

Zügig liefen wir aus dem Krankenhaus. Doch die Schwester folgte uns mit langen Schritten.

„Renn, Katie!", rief Dina. Obwohl ich keine Energie hatte, sprintete ich, als wäre der Teufel hinter mir her.

Der Krankenschwester war inzwischen natürlich aufgefallen, dass wir keine Chirurgen waren. „Bleiben Sie stehen oder ich benachrichtige die Polizei!", drohte sie mit ernster Stimme.

Doch wir blieben unbeeindruckt und rasten weiter über die Madison Avenue auf die andere Straßenseite, zum Rand des Marcus Garvey Parks, und weiter in Richtung Süden.

Als wir sicher waren, die korpulente Verfolgerin abgehängt zu haben, blieben wir völlig außer Atem stehen und Dina keuchte: „Wohin jetzt?"

Suchend blickte ich mich um, entdeckte eine Reihe geparkter Autos am Straßenrand und verkündete entschlossen: „Wir fahren zum City Hall Park!" Ich rannte zu einem der Fahrzeuge, dicht gefolgt von Dina und Joe, dessen Rollstuhl sie schob. Ich wählte einen älteren gelben Kombi, der mit Sicherheit keine Alarmanlage besaß. Mit einem großen Stein, der am Rande des Parks lag, schlug ich die Scheibe der Fahrerseite ein. Leider gefiel diese Bewegung meinem Arm nicht so sehr. Die Schmerzen wurden erneut schlimmer. Ein leichtes Schwindelgefühl machte sich in mir breit.

„Sollten wir nicht diese Kleidung loswerden?", warf Joe nun unerwartet ein. Doch er hatte recht. Im Chirurgen-Outfit auf offener Straße waren wir doch sehr auffällig. So entledigten wir uns der Krankenhauskleidung und versteckten sie unter dem Beifahrersitz.

Zuerst halfen wir Joe und verfrachteten ihn auf die Rückbank. Seinen Rollstuhl klappten wir zusammen und legten diesen neben ihn. Plötzlich hörten wir Polizeisirenen. Erst leise, dann wurden sie immer lauter.

„Schnell, Dina, steig ein", rief ich aufgebracht.

Ohne zu zögern setzte ich mich hinters Steuer und schloss den Wagen kurz. Da ich das in meiner kriminellen Vergangenheit schon öfter getan hatte, stellte es kein Problem für mich dar. Ich brauste los. Lenken war allerdings nur mit einem Arm möglich. Da wir zum Glück Kinder New Yorks waren und jeder von uns schon mal in Manhattan gewesen war, wussten wir ungefähr, in welcher Richtung sich der City Hall Park befand. Wir blieben auf der Madison Avenue, die sich fast durch ganz Manhattan zog. Mit sicherlich viel zu hoher Geschwindigkeit schlängelte ich mich zwischen den anderen Taxis, Vans und was sonst noch unterwegs war im Slalom hindurch.

„Katie, ich hoffe, du weißt, was du da tust", gab Dina ängstlich kund.

Leider wusste ich das tatsächlich nicht so ganz genau. Aber ich hatte keine Zeit, ihr zu antworten. Zudem musste ich für diese anspruchsvolle Fahrweise beide Arme benutzen und mittlerweile hatte ich so große Schmerzen, dass ich kurzzeitig dachte, in Ohnmacht zu fallen.

12

In der Zwischenzeit verfolgten uns bereits drei Polizeiwagen. Ich vermutete mal wegen meines rasanten Fahrstils. Weil ich nur mal kurz in den Rückspiegel blickte, bemerkte ich nicht, dass die Ampel an einer Kreuzung auf Rot stand. Dort wartete ein Taxi darauf, weiterfahren zu können.

„Katie!“, alarmierte mich Joe.

Ohne eine Sekunde zu zögern, richtete ich meinen Blick wieder nach vorne und steuerte den Wagen mit einem rasanten Drift nach links, direkt in die Querstraße hinein. Nun hatte ich das Fahrzeug allerdings nicht mehr so gut unter Kontrolle, wir kollidierten seitlich mit einem der am Rand parkenden Autos. Ein lauter Knall war zu hören, die Alarmanlage des parkenden Gefährts ertönte. Durch die Wucht des Aufpralls wurden wir im Wagen zur Seite geschleudert. Alles ging sehr schnell, fühlte sich jedoch, als würde es in Zeitlupe ablaufen.

Ich spürte, dass mein Kopf gegen etwas Hartes gestoßen wurde und mein Arm unaufhörlich schmerzte. Der hintere Teil unseres fahrbaren Untersatzes war stark beschädigt. Das Licht war zu Bruch gegangen, die Radkappe des Reifens abgesprungen und der Kofferraum mit Sicherheit um einige Zentimeter zusammengedrückt geworden. Der von uns gerammte Wagen sah fast noch schlimmer aus.

Mein Kopf dröhnte. Übelkeit befiel mich. „Leute? Ist alles okay bei euch?“, fragte ich in der Hoffnung, es gehe meinen beiden Mitfahrern einigermaßen gut. Als ich mich zu ihnen umwandte, stellte ich fest, dass sie sich während der rasanten Fahrt angeschnallt hatten. Da ich am Steuer gesessen hatte, war mir dafür keine Zeit mehr geblieben. So war der Zusammenstoß für mich deutlich schlimmer ausgegangen als für die anderen.

„Mein Kopf“, flüsterte Dina. Dann übergab sie sich.

„Katie, du warst ja gar nicht angeschnallt. Geht es dir gut?“, fragte Joe besorgt, dem Blut über die Stirn lief und der noch leicht benommen war.

„Katie?“, hakte Dina nach, als sie sich wieder einigermaßen gefangen hatte.

Nein, gut ging es mir nicht. Die beiden ahnten nicht, dass ich mir bereits bei der Explosion unseres Hauses eine Gehirnerschütterung zugezogen hatte und sich mein Kopf nun anfühlte, als hätte er das Ganze gerade noch einmal in doppelter Portion abbekommen. Ich meinte, jeden Moment in Ohnmacht zu fallen. Doch ich log. „Es ist alles in Ordnung, Leute.“

Als ich merkte, dass die Polizei nur noch wenige Meter hinter uns war, startete ich den Motor von Neuem und brauste weiter. Bis zur nächsten Kreuzung. Da die Park Avenue parallel zur Madison Avenue verlief, bog ich dort rechts ab. Zu unserem Glück war die Park Avenue zweigeteilt. Auf der einen Seite fuhr man nach Norden, auf der anderen nach Süden. Da wir in die südliche Richtung wollten, landeten wir zufällig auf der richtigen Seite. Zwischen den beiden Fahrbahnhälften erstreckte sich eine Grünanlage bis zum Ende der riesigen, breiten Straße.

Nach einigen Minuten, in denen wir schweigend unserem Ziel entgegendüsten, stellte Joe fest: „Moment mal, ich höre keine Sirenen mehr.“

Ich fuhr langsamer. Wir spitzten die Ohren, und tatsächlich: Er hatte recht. Aus unerklärlichen Gründen wurden wir nicht mehr verfolgt.

Trotz allem behielt ich ein sehr zügiges Tempo bei, denn sicher fühlten wir uns nicht. Aber unser Adrenalinspiegel war nun deutlich gesunken, dadurch stiegen meine Schmerzen ins Unermessliche. An Joes blassem Gesicht erkannte ich, dass es ihm ebenfalls nicht so prickelnd ging.

Kurz vor der Kreuzung an der East 26th Street geschah es dann. Zuerst sah ich alles doppelt, dann bekam ich Halluzinationen. Ich konnte meine Eltern und meine Schwester vor mir wahrnehmen. In der Medizin nennt man dieses Phänomen Bewusstseinstrübung. Meine Hände glitten vom Lenkrad, ich kippte zur Seite. Mein Blick aber richtete sich weiterhin in Fahrtrichtung. Unbemerkt von Dina und Joe verließen wir unsere Spur und steuerten langsam in Richtung Gehweg der Park Avenue.

„Katie, ich glaube, es ist besser, wenn du auf der Straße bleibst", sagte Dina gelassen, als sie die Richtungsänderung bemerkt hatte. Doch ich reagierte nicht. „Katie?"

Die ersten Fußgänger sprangen erschrocken aus dem Weg.

„Hände ans Lenkrad, Katie!" Als ich mich immer noch nicht regte, übernahm Dina das Steuer und brachte uns wieder in die richtige Spur. Zu unserem Glück gerade rechtzeitig, denn zwischen dem Laternenpfahl und dem Eisverkäufer wären wir nicht durchgekommen.

„Was ist los mit Katie?", fragte Joe besorgt.

„Keine Ahnung. Sie scheint nicht mehr ansprechbar zu sein", antwortete Dina, die immer noch das Lenkrad festhielt. „Aber bewusstlos ist sie nicht. Ihre Augen sind offen und sie bewegt sich", fügte sie verwirrt hinzu.

Unmittelbar bevor wir die Park Avenue verließen und auf dem Union Square in Richtung Broadway wechselten, erlangte ich halbwegs mein Bewusstsein wieder. „Danke, Dina", war das Erste, was ich sagte.

„Kein Problem. Aber was war los mit dir?", wollte sie aufgebracht wissen.

Ich übernahm wieder das Steuer. „Keinen Schimmer. Ich hab so starke Schmerzen in meinem Arm."

„Mein Bein tut auch höllisch weh", machte sich Joe bemerkbar.

„Wir müssen durchhalten, Leute", motivierte uns Dina. Einen so eisernen Willen hätte ich ihr gar nicht zugetraut. Ich hoffte nur, dass mir so ein Aussetzer wie eben nicht noch einmal passierte.

Nachdem wir in den Broadway eingebogen waren, fuhren wir nur noch wenige Minuten, dann waren wir endlich an unserem Ziel angelangt. So schnell wie möglich stiegen wir aus. Wir hatten immer noch Angst, dass die Polizei hinter uns her wäre und uns so lange festhalten würde, bis wir den Beamten Rede und Antwort standen. Aber zum Glück irrten wir uns.

Am Eingang des City Hall Parks konnte ich es immer noch nicht glauben, dass wir es wirklich geschafft hatten. Dementsprechend fassungslos war mein Gesichtsausdruck.

„Was ist los, Katie?", fragte Joe und Dina machte die dazu passende Mimik.

„Ich kann es immer noch nicht glauben, dass wir es geschafft haben", sagte ich angespannt. Beide nickten, ihnen schien es ähnlich zu gehen, bis ich entschlossen verkündete: „Also dann, Leute, lasst uns reingehen."

Bevor wir den Park betraten, atmeten wir alle noch einmal tief durch. Die Anspannung verflog mit jedem Schritt, den wir uns weiter vorwagten. Dieser kleine Park inmitten von riesigen Hochhausschluchten war wunderschön. Es schien fast so, als ob die Zeit hier drin langsamer verginge. Der perfekte Ort, um abzuschalten.

Um uns herum prangten unzählige Bäume, Büsche und Blumenrabatten, die alle gleichermaßen gepflegt waren. Der Weg inmitten des Parks war aus riesigen grauen und, wie es aussah, teuren Pflastersteinen. An den Rändern stand eine Reihe von Bänken, die sich durch den ganzen Park zog. Das Herz der Grünanlage bildete ein gigantischer Brunnen. Es war die City Hall Park Fountain.

Um wirklich sicher zu sein, holte ich das Foto aus meiner Tasche, und tatsächlich, der Brunnen sah genauso aus wie der auf dem Bild. Den anderen beiden zeigte ich das Foto vorsichtshalber nicht, denn der Park war gut besucht. So kurz vor dem Ziel wollte ich um keinen Preis mehr auffallen. Denn jeder dieser Parkbesucher konnte für die Leute, die uns verfolgten, arbeiten. Jeder von ihnen konnte zu den Personen gehören, die damals auf uns geschossen hatten. Aber damit meine Freunde wussten, dass wir wirklich richtig waren, nickte ich ihnen zweimal zu.

Wir näherten uns dem Brunnen. Schließlich waren wir so dicht dran, dass wir in eines der vier kleineren halbkreisförmigen Becken hineinsehen konnten. Jeder von uns platzierte sich an einer anderen Seite des Brunnens, sodass wir aus verschiedenen Perspektiven einen Blick auf das Geschehen hatten. Kein noch so kleines Detail konnte uns entgehen.

Eine Viertelstunde lang betrachteten wir die City Hall Park Fountain. Im Brunnenwasser schwamm so einiges, was dort nicht hineingehörte: Dosen, Papier, sogar ein Schuh lag am Brunnengrund. Einige Menschen hatten sogar Geldmünzen hineingeworfen. Die meisten waren Pennys und Nickel, aber auch ein oder zwei

Quarter fand man. Plötzlich entdeckte ich ziemlich versteckt in einer Ecke des Brunnens einen Gegenstand, der zu groß war, um eine herkömmliche amerikanische Münze zu sein. Das Ding war schon leicht mit Moos überzogen, aber man konnte erkennen, dass es darunter golden war und etwa doppelt so groß wie eine Ein-Dollar-Münze.

Ich sah mich im Park um, dann griff ich unauffällig in den Brunnen hinein, um die merkwürdige Münze zu fassen. Doch das war gar nicht so einfach.

„Katie, was machst du denn da?“, rief Dina und rannte herbei. Auch Joe, der sich auf der anderen Seite des Brunnens aufhielt, setzte seinen Rollstuhl in Bewegung.

Erst als ich den beiden die Beute in meiner tropfnassen Hand vor die Nase hielt, begriffen sie, was ich gefunden hatte. Wir setzten uns sofort auf eine Parkbank und ich kratzte das Moos von der seltsamen Münze ab. Dabei zitterte ich leicht, denn eine gewisse Nervosität fing an, sich in mir breitzumachen. War dieses Ding wirklich das, was wir hier suchten? Warum waren wir uns überhaupt sicher, etwas zu finden? Nichts gab uns die Garantie, hier an der richtigen Stelle zu sein.

Nach und nach war zu erkennen, was auf der Münze abgebildet war. Die Spannung stand uns allen ins Gesicht geschrieben.

Dina hatte eine eigenartige Miene aufgesetzt, als sie beobachtete, wie auf der einen Seite der Münze ein Zahlencode ans Licht kam. Dieser war sechsstellig und lautete *988443*. Auf der anderen Seite stand die Zahl *33,19* und darunter das Wort *Liberty*.

Wir schauten uns ratlos an, als wie aus heiterem Himmel FBI-Agenten aus allen möglichen Richtungen, sogar aus dem Gebüsch heraus, in voller Montur auf uns zustürmten, ihre Maschinengewehre auf uns richteten und brüllten: „FBI! Keine Bewegung! Hände hoch!“

Für uns gab es keinerlei Fluchtmöglichkeit. Geschockt und regungslos hoben wir unsere Arme wie befohlen. Dann wurden uns diese auf dem Rücken mit Handschellen zusammengebunden und wir wurden abgeführt.

„Einsteigen“, befahl ein Bundesbeamter aggressiv.

Joe, Dina und ich wurden getrennt voneinander in drei pechschwarze Autos verfrachtet, deren Türen verriegelt wurden. Der Fahrer meines Wagens trug die Kleidung eines Chauffeurs und dazu schwarze Lederhandschuhe. Ohne sich umzudrehen, sagte er emotionslos: „Keine Sorge. Es tut überhaupt nicht weh."

Irritiert blickte ich ihn an, dann fuhr unerwartet eine dunkel getönte Scheibe zwischen Vordersitzen und Rückbank hoch, die mich vom Fahrer abkapselte. Ein lautes Zischen drang aus den angeblichen Düsen der Klimaanlage, die sich in meinem Bereich des Wagens befanden. Mir wurde schwindelig, alles drehte sich, bis ich schließlich umfiel und bewusstlos auf dem Rücksitz lag.

13

Es war dunkel. Das Einzige, was ich wahrnahm, waren dumpfe Stimmen, die mit der Zeit jedoch immer lauter und deutlicher wurden. Ich spürte, wie ich langsam wieder zu Bewusstsein kam. Schließlich öffnete ich meine Augen. Alles war verschwommen und schien nicht real zu sein. Nachdem ich bemerkt hatte, dass ich auf einer Bank lag, setzte ich mich auf. Mir war schwindelig, ich hatte Kopfschmerzen, ich fühlte mich wie nach einer langen Partynacht mit viel Alkohol. Da trat eine unbekannte Person zu mir und sagte: „Na, endlich bist du wach. Komm mit! Komm mit! Komm mit!"

Ich hörte alles doppelt und dreifach. Wie ein Echo. Noch immer sah ich alles verschwommen. Deshalb konnte ich nicht erkennen, wer da mit mir sprach. Plötzlich packte mich die Person am Arm und zog mich mit sich. Mehrere Male stolperte ich. Obwohl ich nicht ganz bei Sinnen war und es mir wahrhaft nicht besonders gut ging, erkannte ich, dass die Wände dieses Gebäudes ich ging davon aus, mich innerhalb eines Hauses aufzuhalten weiß waren und helles Licht das Innere erleuchtete. Mehr konnte ich nicht sehen. Mein Begleiter öffnete eine Tür. In dem Raum dahinter saß eine Menge Leute, die ich an ihren Schatten auszumachen glaubte. Ich wurde unsanft auf einen Stuhl niedergedrückt. Erst jetzt spürte ich, dass meine Hände noch immer mit Handschellen auf dem Rücken gefesselt waren.

Dieser Raum war wesentlich dunkler und die Wände waren dunkelblau gestrichen. Nach und nach konnte ich klarer sehen. Aber noch immer waren die Gesichter der Leute vor mir unkenntlich für mich.

„Katie, weißt du, wieso du hier bist?", fragte mich eine Frau mit ernster Stimme.

Benommen erwiderte ich: „Woher kennen Sie meinen Namen?"

„Das beantwortet nicht meine Frage, Katie."

„Ich will erst wissen, woher Sie meinen Namen kennen", beharrte ich.

„Ich kenne dich seit deiner Geburt und deine Schwester ebenfalls", gab die fremde Frauenstimme zurück.

„Mia war die beste Freundin unserer Eltern, Katie", mischte sich jemand anderes ein. Ich wurde hellhörig, als ich die Stimme vernahm, und strengte meine Augen an, um endlich wieder klar zu sehen. „Christin?", stieß ich überrascht hervor. „Was tust du hier?", wollte ich ungeduldig wissen.

„Ist das alles, was du mir nach zwei Tagen zu sagen hast, Katie?" Meine Schwester seufzte laut.

„Wenn du mich belügst, dann ja", erwiderte ich stur.

„Ich habe nur gelogen, um dich zu schützen", sagte Christin schon fast vorwurfsvoll.

„Wovor denn? Rachel ist gestorben, Glen liegt im Koma und Skip ist nach wie vor verschwunden. Auf dem Weg nach Manhattan wären wir außerdem beinahe alle draufgegangen! Also, wovor hast du mich denn beschützt? Es wäre nie so weit gekommen, wenn du mir von Anfang an die Wahrheit erzählt hättest!", schrie ich meine Schwester voller Wut an.

„Christin konnte dir nicht die Wahrheit erzählen. Wir hatten es ihr verboten", sprach nun erneut diese Mia.

Erst jetzt stellte ich fest, dass sich Joe und Dina ebenfalls im Raum befanden. Mein Sehvermögen hatte sich fast vollständig regeneriert. „Wer seid ihr überhaupt und warum habt ihr uns festgenommen?", forderte ich vehement eine Erklärung. Ich sprach nicht nur für mich, sondern auch für Joe, Dina, Rachel, Glen und Skip. „Ich meine, wir haben ein Recht darauf, zu erfahren, wer ihr seid", fügte ich selbstbewusst hinzu.

„Du hast recht, Katie. Wo bleiben denn nur unsere Manieren?" Mia stützte sich mit den Händen auf dem Tisch zwischen uns ab und lehnte sich nach vorne. Sie war eine Frau mit blonden auftoupierten Haaren, die ihr bis zur Schulter reichten. Ihr Blick war streng und sie trug einen Damenanzug, der genauso dunkelblau war wie die Wände des Raumes, und darunter eine weiße Bluse. Auf ihrer Brust war ein Namensschild angebracht, auf dem *Mia Thomas Sicherheitschefin FBI* stand.

Die anderen Leute im Raum waren ebenfalls Mitarbeiter des FBI. Die meisten steckten noch in ihrer schwarzen Montur, die sie bei unserer Entführung getragen hatten.

Nun erhob sich Mia und fing an, die Anwesenden vorzustellen. Mir persönlich war es allerdings nicht wichtig, wie die Gestalten hießen. Ich stellte meine Lauscher erst auf Empfang, als sie „die Geschichte“ von Anfang an erzählte.

„Als ihr damals mit euren Eltern nach Philadelphia fahren wolltet, war der Ausflug keineswegs ein privates Vergnügen. Dein Vater musste geschäftlich dorthin, in geheimer Mission sozusagen. Er war, wovon du nichts wusstest, ein enger Mitarbeiter des Präsidenten der Vereinigten Staaten von Amerika und gehörte zu einer Gruppe Wissenschaftler, die nur Aufträge vom Präsidenten persönlich entgegennahm und stets zu dessen uneingeschränkter Verfügung stand. Dein Vater, der übrigens Tom hieß und nicht Mike, wie er es euch immer erzählte, hat zum Beispiel eine bestimmte Wanze erfunden, mit der man die Gespräche anderer Leute aus großer Entfernung belauschen kann. Eines Tages bat der Präsident Tom zu einer Unterredung. Er verriet ihm, dass es zu viele Kranke auf der Welt gäbe und es daher in naher Zukunft zu einem Massensterben kommen würde. Dies hatte das Gesundheitsministerium bestätigt. Der Präsident beauftragte deinen Vater deshalb, etwas zu erfinden, das dies verhindern sollte. Tom entwickelte daraufhin mit einigen anderen Wissenschaftlern zusammen eine Kapsel, die die DNA der Menschen verändert und Erbfehler ausbessert. Lass es mich dir genauer erklären. Manche DNA-Strukturen besitzen schadhaft veränderte Zellen, die durch gesunde Zellen ersetzt werden können, welche wiederum die Lücken in der DNA schließen. Dies ist ein aufwendiges Verfahren. Durch die Erfindung der Kapsel vereinfachte sich nun die Prozedur. Denn in dem Medikament befinden sich bereits die gesunden neuen Zellen. Nach der Einnahme verläuft der Austausch automatisch und dauert gerade einmal ein paar Minuten. Die alten beschädigten Zellen werden beim nächsten Toilettengang ausgeschieden. Eigentlich eine geniale Erfindung.

Leider hatte diese Kapsel einen Fehler. Unmittelbar nach der Einnahme waren die Testpersonen für einen gewissen Zeitraum sehr leicht zu beeinflussen und zu kontrollieren. Zudem waren sie extrem gewaltbereit. Dein Vater setzte sich mit den anderen Wissenschaftlern und dem Präsidenten zusammen. Die meisten unter ihnen waren sich einig, dass diese Kapsel nicht eingesetzt werden durfte. Doch diejenigen, die damit nicht einverstanden waren, wollten das Mittel heimlich als Aufputschmittel bei der Soldatenausbildung einsetzen. Als der Präsident davon erfuhr, feuerte er alle an diesem Komplott Beteiligten und ließ die übrig gebliebenen Kapseln vernichten.

Dein Vater sollte die Formel für die Kapsel verstecken, sodass niemand jemals an sie herankommen konnte. Er verbarg sie an einer Stelle, die nur er finden konnte. Tom erfand einen Buchstabencode, der einen Suchenden zum Versteck der Formel führte. Diese Lettern gravierte er in den Anhänger einer Halskette ein. Diese galt es nun nach Philadelphia ins FBI-Quartier zu bringen, in dem ich damals arbeitete. Man nahm an, dass die Personen, die von der Kapsel wussten und für deren Einsatz plädiert hatten, versuchen würden, Tom die Kette zu entreißen, um ihr Vorhaben doch noch zu verwirklichen. Der sicherste Weg war daher, mit dem Auto nach Philadelphia zu fahren. Bedauerlicherweise erfuhren wir zu spät, dass unsere Gegner einen Peilsender an eurem Wagen angebracht hatten und euch somit ohne Probleme folgen konnten."

Mia schwieg für einen Moment, dann berichtete sie weiter: „Sicherlich fragst du dich nun, warum Tom euch auf eine so gefährliche Mission mitnahm. Er hatte zuvor eine Drohung erhalten: Falls dein Vater die Formel nicht herausgäbe, würde die Gegenseite seine Familie entführen und töten. Tom hatte wahnsinnige Angst um euch, sodass er kurzerhand beschloss, euch drei mitzunehmen, um euch in Philadelphia sicher unterbringen zu können. Unglücklicherweise waren die Aussätzigen, wie wir sie nennen, einen Schritt weiter. Nach dem Anschlag bekam ich das Testament eurer Eltern zugeschickt, in dem festgehalten war, dass eure Tante Grace das Sorgerecht erhalte und ich dazu verpflichtet sei, Christin die ganze Wahrheit zu erzählen. Eure Tante Grace hat übrigens alle Dinge erhalten, die nach dem Anschlag nicht zerstört waren. Darunter befand sich auch die Kette mit dem Code. Wir waren damals gerade noch rechtzeitig vor den Aussätzigen am Unfallort und konnten verhindern, dass diese die Kette an sich reißen. Christin nahm sie mit, als ihr nach New York zogt. Es war ihre Aufgabe, in diese Stadt zurückzukehren und dich mitzunehmen. Denn von dem Moment ihrer Volljährigkeit an war sie eine Agentin des FBI. Mehrere Male sagte sie uns, dass du nun alt genug wärst, um zu erfahren, was passiert war. Doch im Testament eurer Eltern stand ausdrücklich, dass du aus ALLEM rausgehalten werden solltest. Zehn Jahre lang konnten wir jegliche Angriffe auf euch und an das Schmuckstück verhindern. Die Operation lief nach Plan und die Ermittlungen schritten voran. Bis deine Schwester eines Tages so unvorsichtig war, dass sie die Kette und das dazugehörige Foto verlegte. Gleichwohl machte Christin noch zwei weitere Fehler, bei denen du Verdacht schöpftest und abgehauen bist. Eine große Bitte deines Vaters an uns war, immer ein Auge auf dich zu haben und deine Sicherheit zu gewährleisten, was nach den Patzern deiner Schwester nicht mehr möglich war, da alles außer Kontrolle geriet. Seitdem haben wir verzweifelt nach dir, der Kette und dem Foto gesucht. Und nun haben wir dich endlich gefunden."

Erwartungsvoll sahen mich alle im Raum an, gespannt, was ich zu diesen Offenbarungen sagen würde. Ich blickte zu Dina und Joe. Auch sie warteten neugierig auf meine Reaktion. Wie mir jetzt erst auffiel, trugen die beiden ebenfalls noch Handschellen.

„Wenn ihr bloß meine Sicherheit gewährleisten wollt, frage ich mich, wozu diese Handschellen nötig sind. Oder dieser Angriff im Park vorhin", erwiderte ich schließlich missmutig.

„Wir haben die Polizeifahrzeuge vorhin zurückbeordert, um dich zu schützen. Das, was im Park vorgefallen ist ... Nun, freiwillig wärst du wohl kaum mit uns mitgekommen, oder?"

„Wohl kaum. Sind die Dinger denn jetzt immer noch nötig?", fragte ich misstrauisch.

„Natürlich nicht, Paul, befreie sie von den Handschellen", befahl Mia dem Mann, der mich in diesen Raum geschleppt hatte. Er sah aus wie ein ganz normaler Polizist, nur war er mit mehr Waffen ausgerüstet.

Ich rieb mir die Handgelenke, bevor ich bemerkte, dass Dina und Joe nicht von ihren Fesseln befreit worden waren. Ich war immer noch ein wenig benommen, aber in diesem Moment brannten alle Sicherungen bei mir durch. Ruckartig schnappte ich mir Pauls

Pistole aus seinem Holster, stand auf und richtete diese auf Mia. Die anderen FBI-Beamten zuckten und wollten ebenfalls nach ihren Waffen greifen, als Christin entsetzt rief: „Katie!“

Kurz darauf sagte Mia: „Waffen runter, ich regele das!“

Panisch schrie ich: „Wieso sollte ich euch vertrauen?! Ich kann niemandem trauen! Wenn ihr das alles gewusst habt, wieso habt ihr nicht verhindert, dass sie sterben? Wieso habt ihr nicht verhindert, dass Mom und Dad sterben? Vielleicht seid ihr die Bösen in diesem Spiel! Woher wussten die Mörder denn, dass ich mit Rachel und den anderen im Yankee Club war? Vielleicht habt ihr selbst Rachel getötet!“

„Katie, bitte beruhige dich“, versuchte mich Mia zur Vernunft zu bringen, während ich die Pistole immer noch auf sie richtete. „Ich sagte, ihr sollt eure Waffen hinlegen! Das ist ein Befehl!“, wandte sie sich erneut an ihre Mitarbeiter. Mit skeptischen Blicken folgten sie langsam dieser Anweisung.

„Katie, bitte sei vernünftig“, sagte Christin mit beruhigender Stimme. Sie sah in mein verzweifeltes Gesicht. „Ich weiß, wie du dich fühlst. Es war nicht einfach ohne Mom und Dad.“ In diesem Moment richtete ich die Waffe auf Christin, die jedoch nicht zurückwich, sondern ernst weitersprach. „Es ist wie ein unaufhörliches Stechen tief in dir drin, das dich in jedem Augenblick deines Lebens begleitet. Jedes Mal, wenn uns eine glückliche Familie begegnete, dachten wir beide: Verdammt, warum haben wir das nicht? Es war Schicksal, wir waren zur falschen Zeit am falschen Ort und irgendwann, Katie, musst du akzeptieren, dass nichts Mom und Dad zurückholen kann. Du kannst nur hoffen, dass es ihnen jetzt gut geht und dass sie nicht leiden mussten. Ganz bestimmt würden sie nicht wollen, dass du dich so sehr für sie quälst.“ Dann fing sie an zu weinen und fügte hinzu: „Mein Fehler war, dass ich nicht für dich da war, obwohl du mich gebraucht hättest. Ich weiß, dass du immer noch traurig bist und ich dir nie die Liebe gegeben habe, die dir über diesen Schmerz hätte hinweghelfen können. Ich habe dich dir selbst überlassen und das bereue ich zutiefst. Ich bin schuld, dass du ein gebrochener Mensch bist. Es tut mir leid, Katie.“

Meine Schwester weinte und weinte und wieder einmal war ich diejenige, die keine Tränen vergoss, wie damals im Krankenhaus.

Noch immer richtete ich die Waffe auf sie, während Christin und ich uns verzweifelt anstarrten. Da ich noch nie zuvor mit einer Schusswaffe hantiert hatte, betete ich, dass das, was ich nun vorhatte, funktionierte. Ich hatte übrigens Glück, die Pistole war nicht mehr gesichert. Zuerst schoss ich in die Luft, besser gesagt schoss ich ein Loch in die Decke. Daraufhin duckten sich alle und ich lief schnell zu Joe und Dina, hastig öffnete ich ihre Handschellen mit den Schlüsseln, die ich meinem Bewacher Paul unbemerkt abgenommen hatte. Bevor die FBI-Beamten recht begriffen, was gerade geschehen war, schoss ich noch zweimal in die Luft und flüchtete mit Joe, der zum Glück noch in seinem Rollstuhl saß, und Dina aus dem Raum. Wir rannten durch das Gebäude, verfolgt von Mia, Paul und ihren Kollegen. Nur Christin konnte ich in diesem Mob nicht ausmachen.

Während wir durch die unzähligen Flure stürzten, ohne wirklich zu wissen, wo der Ausgang war, hatte ich immer noch Pauls Waffe in der Hand.

Als wir schließlich in einer Tiefgarage angekommen waren, sagte Joe mutlos: „Was jetzt, Katie?"

„Wieso flüchten wir eigentlich vor dem FBI?", warf Dina ein.

Ich ignorierte diese Fragen und zerschoss ein Autofenster.

„Nicht schon wieder, Katie. Wieso flüchten wir überhaupt?", wollte Dina erneut wissen.

Überrascht sah ich sie an, sagte aber nichts, sondern hielt nur auffordernd die Autotür auf. „Wenn ich bitten darf."

Joe und Dina tauschten vielsagende Blicke aus. Dann sahen die beiden mich zweifelnd an.

„Wenn ihr meine Freunde seid, kommt ihr mit mir. Wenn ihr euch entscheidet hierzubleiben, dann stellt ihr euch gegen mich", verkündete ich entschlossen. Natürlich hoffte ich, in ihnen echte Freunde gefunden zu haben, die mich in jeder Lebenslage unterstützten.

„Also dann", sagte Joe entschieden und kletterte vom Rollstuhl in den fahrbaren Untersatz.

„Also dann", wiederholte Dina fest, lachte mich an und setzte sich auf den Beifahrersitz. Ich grinste glücklich, aber auch unbarmherzig zurück, während ich mich auf den Fahrersitz plumpsen ließ.

Wir alle wussten, dass wir jetzt nur noch auf uns selbst vertrauen konnten, wie die drei Musketiere. Schließlich wussten wir, dass nichts mehr so sein würde wie früher.

Ich war gerade dabei, den silbernen Geländewagen kurzzuschließen, als unsere Verfolger uns entdeckten. Sie eröffneten das Feuer und versuchten, die Reifen des Wagens zu treffen. In diesem Moment sprang der Motor an.

„Hier, Dina, nimm die Waffe und schieß aus dem Fenster!"

„Was? Katie, bist du verrückt? Das kann ich nicht."

„Nicht um sie zu treffen, sondern um sie abzuschrecken."

In Dinas Augen konnte ich sehen, dass sie Angst hatte. Dennoch schoss sie zweimal gegen eine Wand. Der Plan ging auf und die Beamten wichen zurück.

In der Zwischenzeit hatte ich herausgefunden, wo sich der Vorwärtsgang befand. Die Reifen quietschten. Ich gab Gas und fuhr direkt an den FBI-Agenten und Mia vorbei.

Dina sagte anerkennend zu mir: „Dafür, dass du keinen Führerschein hast, fährst du gar nicht so schlecht."

„Danke. Dass dir das erst jetzt auffällt ..."

„Soll das etwa heißen, dass ich deine Fahrkünste vorher nicht genug gewürdigt hätte?"

„Ja, genau das soll es heißen", erwiderte ich stolz, während Dina mich grinsend von der Seite betrachtete.

Als wir aus der Tiefgarage herausschossen, trauten wir unseren Augen nicht. Die Umgebung war ruhig und idyllisch, es gab Grünanlagen und kleine putzige Häuser. Die meisten Menschen fuhren mit dem Fahrrad auf den Straßen. Mit dem Auto zu fahren, ergab hier tatsächlich nicht viel Sinn, denn wir befanden uns auf einer Insel vor Manhattan. Sie schien fast wie ein schwimmendes Dorf zu sein.

Wieso ich mir da so sicher war? Nur 150 Meter weiter war die Freiheitsstatue zu sehen, und egal, in welche Richtung man blickte, man konnte nur Wasser entdecken.

Ich bog rechts ab und am Ende der Straße noch einmal. Als wir an einem Uferweg entlangfuhren, entdeckte ich ein Schild, auf dem *Governors Island Picnic Point* stand. Dadurch wurde mir bewusst, dass wir uns auf der größten Insel vor Manhattan befinden mussten:

Governors Island. Der einzige Weg, der zurück zum Festland führte, war, mit der Fähre überzusetzen. Doch der Weg zum Hafen war beinah unmöglich zu bewältigen. Bereits nach kurzer Zeit war uns das FBI erneut auf den Fersen. Eine wilde Verfolgungsjagd über die gesamte Uferstraße begann. Etwa 50 Meter von der Fähre entfernt, schien es fast so, als ob unsere Flucht hier enden würde, denn unsere Verfolger zerschossen die Reifen unseres Geländewagens.

„Scheiße!", schrie ich wütend, während ich eine Vollbremsung hinlegte. Ich blickte in den Rückspiegel, Mia war bereits mit strammen Schritten auf dem Weg zu uns. Daraufhin sah ich Dina und Joe in die Augen, senkte den Kopf und sagte schließlich: „Es ist vorbei."

„Das heißt, dass wir uns stellen müssen?", hakte Joe nach.

„So sieht es aus", gab ich resigniert zu.

Die Agenten umzingelten den Wagen und richteten die Maschinenpistolen auf uns. „Aussteigen!", schrie Mia, die nun deutlich unfreundlicher war als vorher, was nach unserer Aktion verständlich war.

Dina und ich verließen den Wagen und erhoben die Hände. Durch diese Bewegung machten sich meine schmerzhaften Verbrennungen wieder einmal bemerkbar. Joe hievte man aus dem Auto und setzte ihn wieder in den Rollstuhl. Anschließend hob auch er seine Hände empor.

„Ich habe es im Guten versucht, Katie. Aber damit ist jetzt Schluss", verkündete Mia entschlossen.

Wir wurden wieder in Handschellen gelegt und abgeführt. Dieses Mal jedoch, ohne betäubt oder voneinander getrennt zu werden. Auf dem Rückweg zum FBI-Geheimquartier fiel mir auf, dass sich der gesamte Unterschlupf im Untergrund von Governors Island befand. Äußerlich deutete nichts darauf hin, dass hier ein Standort des FBI sein könnte. Sobald wir uns wieder im Inneren befanden, wurde uns klar, was sich an Mias Einstellung geändert hatte. Dina und mir wurden die Fesseln abgenommen, was jedoch zur Folge hatte, dass man uns anschließend in eine Gefängniszelle warf. So schnell wie möglich rappelte ich mich auf, aber die Gittertür des Haftraums war bereits geschlossen.

„Wo ist Joe?", fragte Dina nervös.

„Was? JOE! JOE!", schrie ich panisch. Doch es war zu spät, ich sah nur noch, wie sie ihn um eine Ecke schoben.

Verzweifelt und völlig erschöpft saßen Dina und ich in einem Raum, der vielleicht so groß wie ein kleines Badezimmer war. Nach einer Stunde des untätigen Wartens hielt ich es nicht mehr aus.

„Lasst uns hier raus!", brüllte ich. Doch wer sollte uns hören? Mutlos ließ ich mich wieder auf die Bank sinken, Dina direkt gegenüber. Meine Freundin saß in sich zusammengesunken da und rührte sich nicht. „Fühlst du dich etwa nicht gut, Dina?", fragte ich besorgt.

Ihr Gesicht hatte in der letzten Stunde stark an Farbe verloren. Die Hälfte des Verbandes an ihrem Kopf war von einem riesigen Blutfleck durchtränkt. Sie reagierte nicht gleich auf meine Frage. „Warum hast du das gemacht?", stellte sie stattdessen in den Raum.

„Was meinst du?", erwiderte ich nachdenklich.

„Na ja, es passiert normalerweise nicht einfach so, dass man eine Waffe auf die eigene Schwester zu richten imstande ist."

„Sie hat mich angelogen und im Stich gelassen, Dina. Mein ganzes Leben lang habe ich geglaubt, dass es keinen Ausweg gibt aus der Trauer und dem Schmerz. Als ich vorher alles erfahren habe, hatte ich das Gefühl, hintergangen worden zu sein. Ich konnte Christin nicht mehr trauen. Und wenn ich die Kette nicht gefunden hätte, würden sie mir die Wahrheit weiterhin vorenthalten. Das Geheimnis selbst zu lösen, also die Formel zu finden, schien mir eine gute Art der Trauerbewältigung zu sein. Dann hätte ich endlich meinen inneren Frieden finden können. Verstehst du?"

„Ja, das kann ich verstehen", nickte sie.

„Ich kann das auch nachvollziehen", ertönte es plötzlich vor unserer Zelle. Sofort richteten wir den Blick dorthin. Es war Christin, die vor dem Haftraum stand und dem, was ich gesagt hatte, große Aufmerksamkeit schenkte.

Doch mit einem Mal fiel meine Mitgefangene erschöpft zu Boden. „Verdammt, Dina!", rief ich erschrocken. So schnell ich konnte, kniete ich mich zu ihr. Auch meine Schwester stürzte in die Zelle. „Christin, du musst ihr helfen!", flehte ich hilflos.

„Wir müssen sie in die stabile Seitenlage bringen, Katie. Aber vorher prüfe ich, ob sie noch atmet."

„Und?“, fragte ich ungeduldig.

„Keine Panik, alles Okay. Nimm ihr Bein und lege es angewinkelt auf die andere Seite.“

Tatsächlich kam Dina wieder zu sich, und zwar in dem Augenblick, als ich voller Tatendrang ausführen wollte, was Christin mir aufgetragen hatte.

„Dina?“, sprach ich sie behutsam an.

„Was ist passiert?“, stammelte sie verwirrt.

„Du bist ohnmächtig geworden.“

„Mein Kopf tut weh“, entgegnete sie stöhnend.

„Wir sollten dich besser ins Krankenhaus bringen“, warf Christin vernünftigerweise ein.

„Nein, ich will nicht ins Krankenhaus.“

„Aber du bist ernsthaft verletzt.“

„Ich kann Katie nicht alleine lassen. Außerdem ist sie genauso schwer verletzt.“

Christin warf mir einen prüfenden Blick zu. Ich erwiderte diesen mit stoischer Miene. Dann strich sie mir das Haar aus dem Gesicht, zum Vorschein kam meine bereits verkrustete Platzwunde. Sie musterte mich von oben bis unten und erblickte meine verbrannte Haut am rechten Handgelenk.

„Zeig mir deinen Arm“, forderte sie.

Ich zog meine schwarze Jacke aus. Der Rest meines Armes war bis zur Schulter bandagiert. Auf ihren fragenden Blick hin erzählte ich ihr, was auf der Brücke passiert war und dass wir aus dem Krankenhaus geflüchtet waren.

„Seid ihr verrückt? Das ist nicht nur verantwortungslos, sondern auch noch lebensgefährlich. Ihr hättet auf jeden Fall im Krankenhaus bleiben müssen.“ Christin war schockiert.

„Von Verantwortungsgefühl musst du gerade reden! Wir gehen auf keinen Fall dorthin zurück. Nicht, bevor wir die Formel gefunden haben“, verteidigte ich unser Verhalten.

„Schön. Ich bin bereit, euch zu helfen. Denn ich möchte meine Fehler wiedergutmachen. Außerdem kenne ich ein paar FBI-Agenten, die sich sicher überreden lassen, auf unserer Seite zu kämpfen“, sagte Christin seufzend. Fassungslosigkeit überkam mich. Das hätte ich nicht von meiner Schwester erwartet.

„Doch vorher sollten wir Dinas Verband wechseln“, wechselte sie das Thema. Christin verließ die Zelle, blickte umsichtig nach rechts und links und ließ uns frei. „Schnell, wir müssen hier entlang“, sagte sie bestimmt.

Wir rannten nach links und einen dunkelblau gestrichenen Gang entlang. Die Decke war dunkelgrau und ziemlich niedrig. Eine Person, die zwei Meter groß gewesen wäre, hätte sicher Schwierigkeiten gehabt, hier ihren aufrechten Gang beizubehalten.

14

Alle Räume waren sehr steril eingerichtet. Tische, Stühle, eine Klimaanlage, fertig ist ein FBI-Besprechungszimmer. Zu meiner Überraschung gab es von diesen Räumen mindestens fünf Stück, drei weitere Gefängniszellen und vier mit dicken Türen fest verschlossene Waffenlager. Doch der Raum, dem ich die größte Aufmerksamkeit schenkte, war das Labor. Man konnte durch vier große Fenster hineinsehen. Als wir daran vorbeirannten, blieb ich abrupt stehen. Für einen Augenblick vergaß ich alles um mich herum. Ein Käfig mit drei weißen Mäusen, viele braune Gläser, auf welchen Worte wie *Natrium, Säure, Magnesium* und viele andere Dinge standen, kochende und rauchende Flüssigkeiten in Reagenzgläsern ... Ich stellte mir vor, wie Dad in diesem Labor gearbeitet hatte, wie er mit verschiedenen Dingen experimentiert hatte und ihm andere Wissenschaftler dabei halfen.

„Katie, wir haben keine Zeit für so etwas. Komm jetzt", flüsterte Dina mir zu. Zu meiner Überraschung hallten ihre Worte ziemlich laut.

„Ich komm ja schon", murmelte ich. Wir rannten weiter um eine Ecke. An der Wand hing ein Feuerlöscher. Rechts daneben befand sich ein roter Verbandskasten mit einem weißen Kreuz in der Mitte.

„Jetzt können wir endlich deinen Verband wechseln, Dina", meinte Christin erleichtert.

Doch gerade als meine Schwester damit anfangen wollte, sprach eine tiefe Männerstimme hinter uns: „Was tut ihr denn hier?" Erschrocken drehten wir uns um. Drei FBI-Agenten richteten ihre Waffen auf Dina und mich.

„Halt, wartet! Ich habe sie freigelassen", verteidigte uns Christin.

„Was? Das gilt als Verrat, Christin!", erklärte der Mann, der gerade schon gesprochen hatte. *Agent 1* war alles, was auf seinem Namensschild stand.

„Ich weiß", gab Christin zu.

„Dafür sollten wir dich ebenfalls in eine Zelle stecken."

„Bevor ihr das tut, lasst mich euch erklären, wieso ich die beiden freigelassen habe."

Die Männer blickten sich gegenseitig an, dann sagte Agent 1: „Na gut, erzähl schon."

Christin fing an zu erklären, was alles passiert war und wie wir in diese Lage geraten waren. Zum Schluss stellte sie den Agenten eine Frage: „Würdet ihr euch bereit erklären, uns zu helfen?"

„Bitte!", fügte ich mit einem Hauch Verzweiflung hinzu.

Agent 1 und Agent 5 erklärten sich, ohne zu zögern, dazu bereit, uns zu helfen.

Nur Agent 14, der Dritte im Bunde, war dagegen: „Das ist inakzeptabel. Ihr seid Verräter! Ms Thomas wird nicht begeistert sein."

„Dann haben wir wohl keine andere Wahl", meinte Agent 1 schulterzuckend, bevor ein Schuss ertönte, der uns zusammenzucken ließ. Agent 14 fiel um. In seinem Hals steckte ein Betäubungspfeil.

„Schnell, das Mittel wirkt ungefähr eine Stunde", riss uns Agent 5 aus unserer Starre und trieb uns zur Eile an.

Wir rannten auf Umwegen über eine Notausgangstreppe in die Garage. Dort angekommen trafen gerade einige bewaffnete FBI-Leute an der Eingangstür des Quartiers ein. Da der Notausgang auf der anderen Seite war und sie uns noch nicht gesehen hatten, schrie Agent 1: „Hey, ihr da! Stehen bleiben!" Er rannte gemeinsam mit unserem anderen Verbündeten zu ihren Kollegen. „Wartet hier", flüsterte er uns vorher zu.

Eine ganze Weile redeten sie mit den FBI-Beamten. Agent 1 erzählte unsere Geschichte wohl in der ausführlichen Version. Und dies schien Wirkung zu zeigen. Nachdem er sie gefragt hatte, ob sie uns helfen würden, stimmten die meisten Agenten zu. Doch drei von ihnen trauten der Sache nicht, versprachen aber, uns nicht zu verraten. Dies berichtete uns Agent 5, nachdem er mit den neuen Verbündeten zu uns zurückkam.

„Okay, Katie, was jetzt?", stellte Dina die wohl wichtigste Frage.

„Wir müssen zurück nach Manhattan. Nur dort können wir an die Lösung des Rätsels gelangen", verkündete ich.

„Gut, Gentlemen. Macht euch aufbruchbereit. Wir haben nicht viel Zeit“, befahl Agent 1 den anderen, er war offensichtlich der Chef der Truppe.

Während Dina mit den FBI-Leuten in einen gepanzerten Kleinlaster einstieg, sagte ich zu Christin: „Warte.“

Sie blieb abrupt stehen und drehte sich um. „Was ist?“, fragte sie drängend.

Ich lächelte sie an und seit einer halben Ewigkeit umarmte ich sie das erste Mal wieder. „Danke“, murmelte ich erleichtert.

Wir strahlten einander an, aber der Kommandeur meinte: „Christin, wir sollten uns beeilen. Sie werden sicherlich schon gemerkt haben, dass die beiden Mädchen weg sind.“

„Was ist mit Joe?!“, warf Dina ein. „Wir können ihn doch nicht einfach hierlassen!“

„Wo ist Joe überhaupt?“, fragte ich ungeduldig in einem fast schon zu scharfen Ton.

„Macht euch keine Sorgen um ihn. Man stellt ihm zum bisherigen Geschehen ein paar Fragen und bringt ihn dann wieder ins Krankenhaus. Er ist schwer verletzt und muss behandelt werden. Das sieht selbst Mia ein.“

„Das stimmt allerdings, sie wollen ihn wieder ins Hospital bringen. Komm, Katie, wir sollten wirklich los“, forderte mich meine Schwester auf.

Mit frischem Mut und neuer Tatkraft fuhren wir los in Richtung Fähre. Während der Fahrt nutzte Christin die Gelegenheit, Dinas Verband zu wechseln. Ihr Kopf sah wirklich schlimm aus: Eine Augenbraue fehlte, zwei riesige blutgefüllte Brandblasen prangten auf der Stirn und blutendes offenes Fleisch lag überall frei. Der Geruch war beißend. An einer Stelle bildete sich bereits eine Kruste.

In meinem Magen machte sich bei diesem Anblick Übelkeit breit. Um mich abzulenken, unterhielt ich mich unterdessen mit den anderen über die Kette und die Münze. Ein Mann schien Experte in Sachen Codes zu sein. Er erklärte, dass die Zahlenfolgen auf der Münze einen Hinweis darauf geben sollten, was die restlichen Abkürzungen auf der Kette bedeuteten.

„Aber was sagen uns diese Zahlen genau?“, fragte ich neugierig.

„Das ist schwer einzugrenzen. Sie könnten für alles Mögliche stehen."

„Wir sollten es so schnell wie möglich herausfinden, denn uns läuft die Zeit davon", erwiderte ich.

Damit war die Unterhaltung beendet, während der restlichen Fahrt nach Manhattan sprach keiner mehr ein Wort, denn wir waren allesamt viel zu angespannt.

Nach gut 20 Minuten hatten wir das Festland erreicht. Mein Herz raste, da mir nun erst richtig bewusst wurde, dass das Geheimnis bald gelüftet wurde.

„Wir fahren zum Pier A, dort besprechen wir, wie es weitergeht", schlug Christin vor. Niemandem schien es aufzufallen, aber an ihrer Stimme erkannte ich, dass sie Angst hatte.

Wir fuhren die State Street entlang und bogen schließlich nach links in die Battery Place ab. Wir passierten den Park und erreichten ein Stück weiter links die Piers. Dort angekommen stiegen wir aus, um uns eine Pause im dortigen Café zu gönnen und das weitere Vorgehen zu besprechen. So war jedenfalls mein Gedanke. Was sollten wir sonst in so einer Lokalität?

„Nach einem Café sieht mir das aber nicht aus", warf Dina erstaunt und verwirrt zugleich ein.

Doch sie hatte recht, das „Café" war nicht nur von außen, sondern auch von innen eine verlassene Bruchbude. Der Putz bröckelte von den Wänden, einige Vögel hatten sich bereits dort eingenistet, die Tür hing nur noch in einer Angel. Seit mehreren Jahren schien das Gebäude leer zu stehen. Aber es war der perfekte Ort, um über Geheimnisse zu sprechen. Wir setzten uns also an einen Tisch und grübelten, welche Verbindung die Buchstaben auf der Kette mit der Münze hatten. Während wir uns Gedanken darüber machten, schienen die „Aussätzigen", wie Mia sie genannt hatte, bereits einen Schritt weiter zu sein. Plötzlich drang das Geräusch eines Helikopters an unsere Ohren und wurde immer lauter.

„Was ist das?", fragte ich, während alle anderen entweder an die Decke oder in Richtung Ausgang starrten.

Ein FBI-Agent sah aus dem Fenster und sagte: „Sie sind da, die Aussätzigen."

„Was jetzt?", fragte Dina mit ängstlicher Stimme.

„Verdammt, runter, Leute!“, schrie Agent Nummer 8. Er war derjenige, der aus dem Fenster sah.

Zu unserem Glück hatten wir seinen Befehl sofort befolgt. Der Hubschrauber durchlöcherte mit seinen Maschinengewehren das gesamte Haus wie einen Schweizer Käse.

„Wir müssen hier raus!“, schrie Agent Nummer 1. „Los, kriecht mir nach!“, forderte er uns auf.

Das Problem dabei war, dass der Eigentümer bei der Gestaltung seines Cafés vergessen hatte, eine Hintertür einbauen zu lassen. Wir schienen gefangen zu sein wie die Maus in einer Falle. Bis ein paar Agenten schließlich den Mut fanden, um aus einem Erdgeschossfenster hinauszuspringen.

„Das soll wohl ein Witz sein?“, rief ich Christin zu.

„Wir haben keine Wahl. Du schaffst das, Katie!“, brüllte sie zurück.

Ich blickte zu Dina, die sich unter einem Tisch versteckt hatte. Dann nahm ich Anlauf und sprang aus dem ohnehin schon kaputten Fenster. Unsanft landete ich auf meiner Schulter. Als ich mich wimmernd vor Schmerzen auf dem Boden krümmte, schlug Dina hart neben mir auf Knie und Unterarm auf. Wir beide hatten uns in den letzten Tagen so viele Verletzungen zugezogen, dass eine Schürfwunde mehr oder weniger keinen Unterschied machte. Auch Christin gelang es, ohne eine Schussverletzung das todbringende Gebäude zu verlassen. Wir rannten, so schnell wir konnten, zu unserem gepanzerten Fahrzeug, da dies im Moment der einzige sichere Ort war.

„Woher wussten die, dass wir hier sind?“, fragte Agent 1, während Agent 5 losraste.

Doch auf diese Frage konnte Christin keine Antwort geben, ich allerdings schon. „Mein Handy.“

„Was?“ Christin drehte ihren Kopf in meine Richtung.

„Mein Handy könnte der Grund sein. Ich glaube, dass sich ein Peilsender darin befindet.“ Für einen Moment herrschte bedrückende Stille.

„Gib mir dein Handy“, forderte Agent 1.

Wir saßen in einem eng zusammengepressten Knäuel, der Wagen war nicht besonders geräumig, um das Mobiltelefon herum, während Agent 2, er war der Technikspezialist, das Gerät komplett auseinandernahm. Ich benötigte sowieso ein neues. Unterdessen fuhr Agent 5 in Richtung Nordwesten, in die Nähe des Zuccotti Parks, um den Aussätzigen, so gut es ging, zu entwischen. Nach einigen Minuten Technikgefummel fanden wir tatsächlich einen Peilsender unter meiner SIM-Karte.

Agent 1 hob diesen mit den Fingernägeln hoch. „Da haben wir den Übeltäter." Plötzlich starrten mich alle an, als wäre ich eine Kreatur aus einer anderen Zeit.

„Woher wusstest du das?", fragte mich Christin und sprach damit aus, was alle Anwesenden dachten.

Obwohl ich die Antwort kannte, bekamen sie lediglich ein Schulterzucken von mir.

15

„Puh, ich glaube, wir haben sie abgehängt", meinte Agent 5, als er nach einer turbulenten Fahrt durch den Big Apple am Straßenrand der 12 Vesey Street gegenüber des Ladens Staples zum Stehen kam. Auch wir anderen waren froh, dass er anhielt. Während der Fahrt war es einigen von uns, inklusive mir, ganz schön flau im Magen geworden. Die gesamte Mannschaft verließ den Panzerwagen, der innen extra für das FBI umgebaut worden war.

In dem Moment fiel mir an der 30 Meter entfernten Straßenkreuzung ein Werbeplakat auf.

Wir sind eine der sichersten Banken der Welt. Schenken Sie uns Ihr Vertrauen. Federal Reserve Bank.

Beiläufig dachte ich darüber nach, wo sich diese Bank in Manhattan befand. Natürlich, sie lag in der Liberty Street.

„Moment mal", sprach ich zu mir selbst. Mein Blick fiel auf die Kette, dann auf die Münze. Gerade als ich Luft holte und mich zu Dina umdrehte, um ihr mitzuteilen, was ich entdeckt hatte, hörten wir das laute Reifenquietschen dreier FBI-Fahrzeuge, die in voller Fahrt auf uns zurasten. Da sie merkten, dass wir türmen wollten, fingen sie an, hemmungslos auf uns zu schießen. Die Passanten in der Straße rannten panisch schreiend weg. Manche von ihnen wurden getötet oder schwer verwundet. Diese Bilder brannten sich in mein Gedächtnis und ich wusste, dass ich sie nie vergessen würde. Eigentlich ging alles ganz schnell, doch vielleicht lag es an meiner Gehirnerschütterung, dass es sich für mich anfühlte, als dauerte dieser Moment eine halbe Ewigkeit. Als sei dies nicht schlimm genug, erblickte ich am Himmel den Helikopter der Aussätzigen, die nun ebenfalls auf uns feuerten.

Mit einem Mal fiel mein Blick nach hinten. Zwei entscheidende Dinge passierten in diesem Moment: Agent Nummer 3 und 9 wurden erschossen. Blutend lagen sie am Boden. Doch wir mussten sie zurücklassen. Einige Aussätzige seilten sich aus dem Helikopter ab. Sie waren wie Ninja-Krieger gekleidet, was einen Hauch von Comic-Atmosphäre in die Sache brachte. Einer dieser Männer erinnerte mich an jemanden. Dieser Blick und die Körperhaltung ... Doch ehe ich darüber länger nachdenken konnte, zog mich Agent 1 zurück in den Wagen und schloss die Tür. Dafür bin ich ihm sehr dankbar. Denn hätte er es nicht getan, würde ich heute nicht mehr leben. Die Lage schien aussichtslos, denn wir waren gefangen in unserem eigenen Fluchtfahrzeug. Hinter uns das FBI und vor uns die Aussätzigen.

„Wieso fährst du nicht los?“, brüllte Agent 1 unseren Fahrer an.

„Der Motor springt nicht an!“, gab Agent 5 zurück. Er versuchte es erneut. Doch das Glück schien dieses Mal nicht auf unserer Seite zu sein.

Während der Helikopter abrückte, lieferte sich das FBI bereits einen erbitterten Kampf mit den Aussätzigen. Ich sah mich im Wagen um. Jeder starrte entweder auf den Boden oder ins Leere. Wir wussten alle, dass wir den Wagen verlassen mussten, um den Kampf zu führen, den wir hatten vermeiden wollen.

Wir verweilten noch einen Augenblick, um Kraft zu sammeln, aber auch, um uns drauf vorzubereiten, bis zum letzten Mann zu kämpfen. Alle rüsteten sich mit Waffen und Munition aus. Wir nahmen alles, was im Auto zu finden war. Auch Dina und ich bekamen eine Pistole und eine kugelsichere Weste. Christin besaß als Agentin selbstverständlich eine Waffe und die dazugehörige Ausbildung. Dagegen waren Dina und ich völlig unerfahren mit solchen Situationen.

„Dann mal los“, sagte Christin angespannt und konzentriert zugleich.

„Ich wollte noch sagen, falls dies das letzte Mal ist, dass wir alle zusammen sind: danke. Danke, dass ihr euer Leben für uns aufs Spiel setzt.“ Diese Worte kamen von mir. Nicht einmal ich hätte gedacht, dass ich so etwas mal sagen würde.

„Bereit?“, fragte Agent 1 in die Runde. Anspannung lag in der Luft. „Worauf warten wir dann noch?“ Er öffnete die Tür.

Wir stürmten wie eine Eliteeinheit die Szene. Während die anderen kämpften und versuchten, sich gegenseitig zu erschießen, verlor man als Laie schnell den Überblick, wer zu wem gehörte. Allerdings war mir das nicht so wichtig. Ich verfolgte nämlich ein ganz anderes Ziel, wollte nämlich die Federal Reserve Bank erreichen. Ich kämpfte, so gut es ging. Dabei musste ich Schläge ins Gesicht und einen Streifschuss an der rechten Backe einstecken. Aber ich konnte ganz passabel austeilen. Einen Aussätzigen traf ich ins Knie, der meiner Schwester von hinten ein Buschmesser ins Genick stechen wollte. Auch Dina hielt sich gut. Einem Aussätzigen verpasste sie eine gebrochene Nase, jedoch schlug ihr ein FBI-Agent mehrfach in den Bauch und in das ohnehin schon verwundete Gesicht. Sie schrie laut auf und fiel schließlich zu Boden. Sofort kam ihr Agent 5 zu Hilfe.

Auch ich huschte zu ihr. „Alles in Ordnung?"

„Ja, danke."

„Wir müssen dort entlang. Ich habe etwas herausgefunden." Ich zeigte in Richtung Kreuzung.

„Ich gebe euch Deckung", bot sich Agent 5 an.

„Danke!", brüllte ich, da die Schüsse einen enormen Krach erzeugten. Es waren nur 30 Meter bis zur Straßenkreuzung, jedoch kam mir dieser Weg um einiges länger vor. Zu unserem Glück begleitete uns Agent 5, denn zwei FBI-Beamte waren uns auf den Fersen.

„Geht weiter, ich halte sie auf", sagte unser Beschützer zuversichtlich.

Erst zögerten wir, da wir ihn nicht alleine lassen wollten. Doch als wir sahen, wie er unsere Gegner bekämpfte, und ihm schließlich Agent 2 zu Hilfe eilte, machten wir uns keine Sorgen mehr.

Dina und ich rannten los. Ich machte sie mit meinem Zeigefinger auf das Schild aufmerksam, blieb aber nicht stehen. Sie sollte nur wissen, wo ich hinwollte. Dina zögerte kurz, hastete mir aber, ohne Fragen zu stellen, hinterher.

Nachdem wir die Hälfte des Weges hinter uns gebracht hatten, schlug uns das Herz bereits bis zum Hals. Doch aufgeben wollte keine von uns. Wir machten eine kurze Verschnaufpause, dann hasteten wir weiter. Schwer keuchend bogen wir in die Liberty Street ein und erreichten endlich unser Ziel. Hausnummer 19. Ja, das war die Adresse, die auf der Münze eingraviert war. Wir standen vor der Federal Reserve Bank, der sichersten Bank Amerikas. *FRB*, die Buchstaben, die auf der Kette zu lesen waren.

Plötzlich vernahm ich, wie jemand auf uns zuhetzte. Instinktiv drehte ich mich um. Es war Christin, die bemerkt hatte, dass wir etwas herausgefunden hatten.

„Wow!" Das war alles, was sie herausbrachte, als sie völlig außer Puste neben uns stand. Sie hatte wohl begriffen, weswegen wir hier waren.

„Ich würde vorschlagen, dass wir reingehen", ergriff Dina die Initiative.

Doch ich zögerte, plötzlich hatte ich Angst vor dem, was mich erwarten würde. Zudem gestaltete sich ein einfaches „Reingehen" schwierig.

Bereits der Eingang wurde von zwei Polizisten bewacht. Da wir allesamt bewaffnet waren, würden sie uns wohl kaum unbesehen hineinlassen. Das Gebäude erinnerte von außen betrachtet eher an ein Gefängnis. Die Fenster waren vergittert und die Mauern mit altmodischen, mittelalterlichen Laternen verziert. Was die Optik nicht wirklich verbesserte. Den Eingang bildete ein großer Rundbogen mit Glastüre und darüber hing die Flagge der USA. Die Mauern der Bank bestanden aus dicken beigen Marmorsteinen. Eines musste man dem Gebäude lassen, es machte Eindruck. Doch auf mich leider den falschen.

Da uns nichts anderes übrig blieb, legten wir unsere Waffen und Schusswesten so unauffällig wie nur möglich in einen nahegelegenen Mülleimer. Zielstrebig eilten wir nun auf die Bank zu. Zuerst starrten uns die Beamten von oben bis unten mit seltsamen Blicken an. Was uns nicht wunderte: zerrissene Kleidung, schwere Verletzungen und Schrammen, totale Übermüdung. Man konnte wirklich nicht behaupten, dass wir uns die letzten Tage viel um unser Aussehen gekümmert hätten.

„Ausweise, bitte", sagte einer der Beamten trocken und kühl.

„Ähm, Ausweise? Sind die wirklich nötig?", fragte ich nervös.

„Glauben Sie, dass ich das frage, weil es mir Spaß macht?", war die harsche Antwort.

„Nicht wirklich", erwiderte ich.

„Hier", mischte sich Christin ein und zeigte dem Polizisten eine Karte.

„FBI, na, wenn das so ist ... Was ist mit den beiden?", fragte der Beamte misstrauisch.

„Die gehören zu einer Spezialeinheit. Sie haben den Auftrag, mich zu begleiten", antwortete meine Schwester mit einem sehr überzeugenden und ernsten Blick.

Der Polizist zögerte. „Na gut", sagte er schließlich und öffnete die Tür.

Als wir die Bank betraten, fiel mir auf, wie verlassen sie war. Doch nach dem, was vor der Tür passiert war, wunderte mich das nicht. Für einen Normalbürger schien es ein Ding der Unmöglichkeit zu sein, diese Hallen zu betreten. Von innen sah das Gebäude aus wie eine Luxushotel-Lobby. Da es nur einen einzigen Schalter gab, was für eine öffentlich Bank ziemlich außergewöhnlich war, liefen wir darauf zu.

Dort stand eine junge Frau. Sie war schätzungsweise Anfang 20 und, wie es für diesen Beruf üblich ist, sehr förmlich gekleidet. Weiße Bluse, streng nach hinten gebundene Haare und eine Brille. Erwartungsvoll sah sie uns an.

„Sie wünschen?", fragte die Bankangestellte höflich.

Dina und Christin sahen mich an, als wollten sie sagen: „Sag DU etwas."

Also atmete ich noch einmal tief ein und sprach: „Nun ja, ich wollte fragen, ob ein gewisser Tom Smith ein Schließfach hier hat."

Die junge Frau tippte etwas in den vor ihr stehenden Computer ein, dann blickte sie uns erstaunt an. „Einen Moment, bitte", sagte sie, verließ ihren Platz und verschwand hinter einer Tür.

„Was, glaubst du, hat sie gefunden, Katie?", fragte Dina.

„Ich schätze, das werden wir gleich erfahren", antwortete ich, während die junge Frau mit einem anzugtragenden älteren Herrn zurückkam.

„Darf ich mir die Frage erlauben, woher Sie Tom Smith kennen?", wollte er von uns wissen.

Christin und ich sahen uns an, dann antwortete ich: „Nun ja, er ist unser Dad."

„Darf ich fragen, wie Sie heißen?“

„Also, das ist Christin Smith und ich bin Katie Smith.“

„Und wer sind Sie?“ Streng musterte er Dina.

„Oh, ähm, ich bin Dina Johnson. Ich bin eine Freundin.“

Der Mann sah uns nickend an und verkündete überraschend: „Tom hat erwähnt, dass Sie irgendwann mal dahinterkommen werden, was passiert ist. Wir haben Sie bereits erwartet. Wenn Sie mir folgen würden.“

Ohne einen Augenblick zu zögern oder darüber nachzudenken, woher er unseren Vater so gut kannte, folgten wir ihm. Kurz bevor wir durch eine massive Stahltür marschierten, die uns ein Sicherheitsmann mit einem Spezialschlüssel öffnete, drehte der Bankdirektor sich um. „Leider ist es Außenstehenden nicht erlaubt, diesen Bereich zu betreten.“ Er zeigte auf Dina.

„Ist schon in Ordnung. Geht nur, ich warte hier“, meinte sie.

„Du hast wirklich kein Problem damit?“, fragte ich mit schlechtem Gewissen.

„Nein, wirklich. Geht nur. Sonst kommen wir ja nie hinter das Geheimnis“, grinste sie mich an. Ich lächelte zurück.

Dann betraten der Mann, die Angestellte, Christin und ich den dunklen und schmalen Gang hinter der Stahltür. Wir liefen zweimal nach rechts und dreimal nach links. Der Gang war wirklich düster, lediglich helle Scheinwerfer an der Decke erhellten ihn ein wenig. Schließlich blieben wir vor einem noch schmaleren Gang stehen.

„Von hier an müssen Sie allein weitergehen“, erklärte der Bankdirektor mit ernstem Gesicht. Er zeigte auf die Tür am Ende des Ganges. Dieser war so schmal, dass wir ihn hintereinander durchschreiten mussten. „Wir werden selbstverständlich hier auf Sie warten, meine Damen“, meinte er, während die junge Angestellte neben ihm aufgeregt nickte.

Ich war mir nicht sicher, ob wir ihm wirklich trauen konnten. Aber hatten wir eine andere Wahl?

„Ich wünsche Ihnen viel Glück“, fügte er hinzu und bedeutete uns weiterzugehen.

Ich zögerte, doch Christin gab mir den nötigen Schubs in die richtige Richtung. Falls wir die Kette oder die Münze beanspruchen mussten, hatte ich sie dabei. Wie die Pinguine liefen Christin und ich zum Einlass. Als ich vor der massiven Tresortüre stand, leuchtete der Rahmen blau auf. Ich zuckte zusammen vor Überraschung.

„Ganz ruhig, Katie. Egal, was jetzt passiert, wir überstehen es gemeinsam“, sagte Christin aufmunternd.

An der Tür prangte die Zahl *33*, die ebenfalls blau aufleuchtete.

Ich holte die Münze aus meiner Hosentasche.

Plötzlich ertönte eine Frauenstimme: „Name?“

Ich sah zu Christin. „Was soll ich sagen?“

Sie zog die Schultern hoch. „Versuche es mit Dads Namen.“

„Tom Smith“, antwortete ich.

„Dieser Name ist inkorrekt.“ Ein Stromschlag erfasste unsere Beine.

„Ah! Verdammt!“, schrie ich schmerzerfüllt.

„Oh, Katie, alles in Ordnung?“, fragte Christin gequält.

„Wie man es nimmt“, erwiderte ich ein wenig genervt. „Was jetzt?“ Hilflos starrte ich meine Schwester an, die allerdings keine Antwort gab. „Warte mal, hat der Mann nicht gesagt, dass Dad wusste, wir würden irgendwann mal herkommen? Er hat uns erwartet“, kombinierte ich.

„Schon. Aber bitte überleg dir das gut, Katie. Noch ein paar dieser Stromschläge würden wir wohl kaum überleben.“

Kurz befiel mich eine gewisse Unsicherheit. Doch ich ignorierte sie und sagte es einfach: „Christin und Katie Smith.“

Eine Art Klingelgeräusch erfüllte nun den Gang. Dann erschien vor mir ein grün leuchtendes Ziffernfeld. „Geben Sie nun den Code ein“, befahl die Frauenstimme.

„Welchen Code meint sie?“, flüsterte Christin mir ins Ohr.

„Die Buchstaben auf der Kette kann sie nicht meinen.“ Grübelnd starrte ich auf die Münze. „Wir sind in der 19th Liberty Street und stehen vor der Tür Nummer 33.“ Dann schwieg ich und tippte *988443* in den Ziffernblock ein. Diese Zahlenfolge stand ebenfalls auf der Münze. Wieder erfüllte ein seltsames Geräusch den Gang und die Tür öffnete sich.

„Du hast es geschafft!“, rief Christin aufgeregt und stolz zugleich.

Vorsichtig betraten wir einen riesigen Raum. Drei Stufen führten zu einem durch Scheinwerfer beleuchteten Tisch mit zwei Stühlen hinab. Sonst gab es keine Besonderheiten. Auf dem Tisch stand ein

Kästchen, das wie eine kleine Schatzkiste aussah, und daneben lag ein Schlüssel. Christin und ich schritten vorsichtig die Stufen hinunter. Dabei hallte jeder Laut von den Wänden wider. Der Raum musste wirklich riesig sein.

Wir wussten nicht, ob in diesem Bereich weitere Sicherheitsmaßnahmen getroffen worden waren. Aber dies schien nicht der Fall zu sein. So setzten wir uns an den Tisch, voller Erwartung auf das, was sich im Kästchen befand.

„Öffne du es", sagte ich zu Christin.

Ohne ein weiteres Wort tat sie dies. Wir konnten nicht glauben, was sich im Inneren dieser Box befand. Ein abgerissenes Stück der New York Times, auf dem das Wort *Freiheit* mit einem roten Filzstift eingekreist worden war. Darunter lag eine Art silbrig schimmernder Kreditkarte, auf der man, wenn man sie hin und her bewegte, eine Fackel erkennen konnte.

„Was sollen wir damit anfangen?", fragte ich Christin, während ich unsere Funde ratlos in den Händen hielt.

„Keine Ahnung, aber Dad wird das nicht ohne Grund hier versteckt haben", erwiderte sie.

Gemeinsam verließen wir Raum 33, gingen den schmalen Weg zurück zu den beiden Bankmitarbeitern, die tatsächlich an der gleichen Stelle auf uns warteten.

„Ich hoffe, Sie haben das gefunden, wonach Sie gesucht haben", meinte der Mann, während er mir tief in die Augen blickte.

„Ja, ich denke, das haben wir", antwortete ich, und wie um dies zu bekräftigen, fasste ich noch einmal in meine Jackentasche, wo unsere Beute lagerte.

16

Als wir die Tresortür öffneten und hindurchtraten, fühlte es sich für einen Moment so an, als käme man aus der Vergangenheit zurück in die Gegenwart. Wir betraten erneut die aufwendig dekorierte Halle der sichersten Bank Amerikas. Dort erwartete uns Dina voller Spannung.

„Und? Sind wir einen Schritt weiter?"

„Auf jeden Fall", meinte ich und hielt ihr die silberne Karte und den Zeitungsausschnitt vor die Augen. Wir strahlten uns an, doch diese Freude sollte nicht lange anhalten.

Christin gab Agent 1 über Funk Bescheid, wo wir uns aufhielten, und kaum dass wir die Bank verlassen hatten, brauste der Kommandant mit den übrig gebliebenen Agenten herbei, hielt die Tür des Wagens auf und schrie: „Schnell, steigt ein, wenn ihr überleben wollt!" Er sah total fertig aus, schweißgebadet und vom Kampf gezeichnet, winkte er uns in das Fahrzeug.

Schnell stiegen wir ein. Kaum hatten wir Platz genommen, jagte uns erneut das FBI, dieses Mal aber nur mit zwei Fahrzeugen, denn eines war von den Aussätzigen gekapert worden. Diese verfolgten allerdings das gleiche Ziel wie das FBI: uns zu erwischen. Während der turbulenten Fahrt in Richtung Südosten sah ich mich im Auto um. Es waren nur noch vier Agenten übrig.

„Wo sind die anderen?", fragte ich Agent 1.

„Tot", antwortete der Befehlshaber knapp. Mehr brauchte er nicht zu sagen.

Nun verstand ich erst, wie wichtig die Arbeit meines Vaters gewesen und wie wertvoll seine Erfindung war. Unsere Verfolger gaben es schließlich auf, auf uns zu schießen, denn mittlerweile schienen sie begriffen zu haben, dass unser Wagen kugelsicher war.

Leider hielt das Gefährt dennoch nicht alles aus. Als wir in einer scharfen Rechtskurve auf den Broadway abbogen und dabei auf die

Gegenfahrbahn gerieten, kam uns ein dunkelgrüner Lastwagen entgegen. Er hupte laut, Agent 5 versuchte im letzten Moment, ihm auszuweichen, doch leider vergebens. Wir krachten mit der linken Seite unseres Wagens gegen die Stoßstange des Lkws, und zwar mit einer so großen Wucht, dass wir durch das Fahrzeug geschleudert wurden. Ein lauter Knall erklang, dann herrschte Stille.

„Was ist passiert?", fragte Christin erschrocken.

„Wir sind fahrunfähig und sollten hier schleunigst raus", gab Agent 5 zurück.

Doch wir schienen gefangen in unserem eigenen Fahrzeug. Die Tür an der linken beschädigten Seite war blockiert und der gegenüberliegende Ausgang ließ sich ebenfalls nicht öffnen. Die Aussätzigen kamen immer näher und das FBI war schon fast bei uns. Doch auch auf so etwas war der Wagen vorbereitet. Durch einen Entriegelungscode konnte man eine Klappe öffnen, die sich dort befand, wo bei normalen Vehikeln der Kofferraum seinen Platz hat. Es dauerte eine Weile, bis Christin die Zahlenfolge einfiel, sie sie eintippte und schließlich das Erhoffte eintraf. Die Nottüre öffnete sich und wir konnten endlich fliehen. Wir rannten, so schnell wir konnten, denn es ging tatsächlich um unser Leben.

In der Zwischenzeit waren die Aussätzigen aus ihrem Laster gestiegen, weitere seilten sich aus einem neu eingetroffenen Helikopter ab. Während sie mit Pistolen und Maschinengewehren wahllos auf uns feuerten, wollte uns das FBI anscheinend lebend fassen. Die Beamten stiegen nämlich ebenfalls aus ihren Autos aus und nahmen die Verfolgung zu Fuß auf.

Am National Museum of the American Indian kam es schlussendlich doch zum Nahkampf zwischen dem FBI, den Aussätzigen und uns. Wir schlugen uns nicht schlecht. Ich gab einem FBI-Agenten einen gepflegten Tritt in die wohl wichtigsten Körperteile eines Mannes, woraufhin er auf die Knie fiel. Diese Chance nutzte ich, um ihm ins Gesicht zu boxen. Dina bekam in diesem Moment einen heftigen Schlag ins Gesicht, ihre Nase blutete. Christin erschoss kaltblütig einen Aussätzigen. Allerdings musste ich auch ganz schön einstecken. Der Chef der Aussätzigen, der maskiert auftrat, schien es irgendwie auf mich abgesehen zu haben. Er verpasste mir zwei Schläge ins Gesicht und einen Stoß in die Rippen. Daraufhin half mir Agent 1. Er nahm seine Waffe und schoss meinem Gegner treffsicher in den Hinterkopf. Geschockt beobachtete ich, wie der Mann zu Boden fiel. Agent 1 nahm ihm die Maske ab, zu lange schon hatten sie nach dem Kopf der Bande gesucht. Nun wollte er wissen, wer dahintersteckte. Als der Verbrecher enttarnt war, konnte ich es nicht glauben: Es war der Mann auf dem Foto und, was noch viel schlimmer war, der Vater von Drake. Auf dem Bild war dies nicht so gut zu erkennen gewesen. Ich wischte mir das Blut, das aus meiner Nase floss, mit meinem Handrücken ab. Ich konnte es noch gar nicht fassen.

Im selben Moment fuhr ein Bus an uns vorbei und hielt vor dem Museum. Ich war allerdings nur auf ihn aufmerksam geworden, weil der Fahrer die Hupe des Fahrzeugs betätigt hatte. Auf dem Fahrzeug war die Freiheitsstatue abgebildet, daneben stand der Satz:

Sie wollen das Gefühl von Freiheit erleben? Dann besichtigen Sie die Freiheitsstatue auf Liberty Island.

Besonders das Wort *Freiheit* stach mir ins Auge. In meinem Kopf ratterte es. Ich erinnerte mich an die silberne Karte und an den Zeitungsartikel, in dem dasselbe Wort eingekreist worden war. Intuitiv fasste ich in meine Jackentasche und betrachtete die bereits mit Blut beschmierte Kette, die ich um den Hals trug. *S* und *L* waren die einzigen Buchstaben, die es noch zu entziffern galt. Ich überlegte noch einen Moment, obwohl die Lösung des Rätsels sonnenklar für mich war. *SL* bedeutete *Statue of Liberty* und das Wort *Freiheit* in dem Zeitungsartikel sollte ebenfalls die Freiheitsstatue hinweisen.

Plötzlich durchfuhr mich ein kalter Schauer, denn mir wurde bewusst, dass ich das Geheimnis, wo sich die Formel für die Kapsel aufhielt, gelüftet hatte. Für diesen Augenblick hatte ich so viel über mich ergehen lassen. Ich fiel dankbar auf die Knie, während alle anderen um mich herum immer noch kämpften. Mein Leben hatte wieder einen Sinn.

Nach einem kurzen Moment des Innehaltens stand ich auf und kämpfte mit neuer Kraft weiter. Mir schien es nun leichter zu fallen, wusste ich doch genau, wofür ich diese Strapazen auf mich nahm.

Die Aussätzigen wirkten nervös. Ohne die Führung ihres Chefs schienen sie ein wenig hilflos zu sein. Diese Situation nutzte das FBI aus. Die Beamten konzentrierten sich mehr auf die Aussätzigen und ließen von uns ab. Diese Chance kam uns zugute. Während die anderen aufeinander losgingen und dadurch abgelenkt waren, schafften es Dina, Christin und ich, uns aus dem Schussfeld zurückzuziehen. Wir versteckten und zuerst hinter einem Busch, dann rannten wir in Richtung Straße in der Hoffnung, einem Taxi zu begegnen. Und unser Wunsch wurde erfüllt.

„Anhalten!", schrie Dina, die sich mitten auf die Straße gestellt hatte.

Der Taxifahrer bremste abrupt und kam erst dicht vor Dinas Füßen zum Stehen. Total aufgewühlt, wie Bienen bei der Nektarsuche, ließen wir uns auf die Rückbank sinken. Am Steuer saß, wie es der Zufall wollte, übrigens der gleiche Taxifahrer, der mich mit Spike ins Krankenhaus gefahren hatte. Der Mann schien sich ebenfalls an mich zu erinnern.

„Zur Fähre nach Liberty Island!", forderte ich gestresst.

„Von mir aus", antwortete der Chauffeur desinteressiert.

Als sich das Auto in Bewegung gesetzt hatte, stellte mir Christin eine Frage: „Was wollen wir auf Liberty Island?" Auch Dina blickte mich neugierig an.

„Weil ich weiß, wo sich die Formel befindet", grinste ich die beiden triumphierend an.

Sie spürten offenbar, dass ich das ernst meinte, und stellten keine weiteren Fragen mehr. Kurz darauf erreichten wir den Hafen am Battery Park.

Als wir aus dem Taxi stiegen, drehte sich der Fahrer zu uns um. „Viel Glück", meinte er und ein kleines Schmunzeln umspielte seine Mundwinkel. Erstaunt lächelte ich zurück und bedankte mich.

Vom Ufer aus konnte man bereits die Freiheitsstatue sehen. Wunderschön stand sie im Rot der untergehenden Sonne. Wir rannten am Ufer entlang, bis wir den Fährsteg erreichten.

„Wann geht das nächste Boot nach Liberty Island?", fragte ich den Mann am Schalter aufgeregt.

Erst sah er mich verwundert an, dann sagte er: „Jetzt gleich fährt das nächste Schiff ab." Wir verlangten umgehend drei Fahrkarten und stürzten los. Ich hörte den Mann noch sagen: „Das ist die letzte Fähre heute."

Wir erreichten das Boot, als dieses gerade ablegen wollte. „Hey! Wartet! Bitte!", schrien wir durcheinander. Diese Rufe untermalten wir durch heftiges Auf- und Abhüpfen und wildes Fuchteln mit den Armen. Doch unsere Bitten wurden nicht erhört.

„Jetzt aber schnell", rief ich meinen Begleiterinnen zu und bedeutete ihnen, mir zu folgen. Ich nahm Anlauf, rannte bis zum Ende des Stegs, machte einen weiten Satz und landete mit dem Bauch voraus auf dem Schiff. „Au", murmelte ich.

Nur einen Wimpernschlag später landete Christin neben mir. Ohne es abzusprechen, drehten wir uns beide um, um nach Dina Ausschau zu halten, entdeckten sie jedoch nicht gleich.

„Helft mir, Leute! Ich kann mich nicht mehr lange halten!", erscholl es plötzlich.

Christin und ich rappelten uns auf und stürzten zur Brüstung. Meine Freundin hatte den Sprung auf das Schiff nicht ganz geschafft. Mit einer Hand klammerte sie sich an der Reling fest und schaffte es nicht, nach oben zu klettern. So schnell wir konnten, halfen wir ihr auf das Schiffsdeck.Nachdem wir uns von dieser waghalsigen Aktion erholt hatten, schlenderten wir auf die andere Seite des Schiffes, um in Fahrtrichtung blicken zu können. Ich stellte mich an die Schiffsbrüstung und genoss die Sicht auf die Freiheitsstatue. Dina und Christin taten es mir gleich. Bei dieser letzten Überfahrt nach Liberty Island war das Schiff so gut wie menschenleer. Die untergehende Sonne beschien unsere Gesichter. Voller Zuversicht warteten wir darauf, endlich anzulegen.

Erst hörten wir es nur leise, dann wurde es immer lauter. Das Geräusch eines Helikopters. Von einem Moment auf den anderen zischte er über unsere Köpfe hinweg. Auf dem direkten Weg nach Liberty Island. Zu unserer Überraschung folgte ihm ein zweiter. Nun brach Panik bei uns aus.

„Was jetzt? Sobald wir angelegt haben, ergreifen sie uns", warf Dina unsicher ein.

„Ich würde vorschlagen ...", setzte Christin an. Doch sie wurde von drei herannahenden Jetskis unterbrochen.

„Schnell, springt auf!“, rief uns einer der Fahrer zu. Es war Agent 1, der die überlebenden Agenten 5 und 7 dabeihatte. Wir befolgten seinen Befehl und jede von uns landete auf einem Jetski. Während wir nun Liberty Island entgegenrasten, stellte ich Agent 1 die Frage, zu wem denn der zweite Helikopter gehörte.

„Das ist das FBI. Sie haben Verstärkung angefordert.“

„Zu sechst werden wir keine Chance gegen sie haben.“

„Nein, zu sechst hätten wir keine Chance. Aber wir sind zum Glück mehr als sechs. Ich hab über Funk mit Mia gesprochen, während ihr drei zum Fährhafen gefahren seit. Wir arbeiten jetzt wieder mit dem FBI zusammen. Die Aussätzigen sind unsere gemeinsamen Feinde. Und ohne Mia und ihre Mitarbeiter schaffen wir es nicht.“

„Woher wussten die Aussätzigen, dass wir zur Freiheitsstatue wollen?“ Darüber hatte ich schon die ganze Zeit nachgegrübelt.

„Es waren nicht die Aussätzigen, die das wussten, sondern das FBI. Sie haben einen Peilsender in deinen Schuh eingebaut, nachdem ihr im City Hall Park entführt worden seid. Das hat Mia mir vorhin gestanden.“

Er machte eine scharfe Rechtskurve, bevor wir endlich am Steg von Liberty Island ankamen. Während wir an Land gingen, stellte Dina die Frage, wie nun der Plan aussähe. Agent 1 erklärte ihr und Christin die neue Situation.

„Wir arbeiten wieder mit dem FBI zusammen? Was hat Mia dieses Mal für Absichten?“ Christin reagierte misstrauisch. Von ihr hätte ich diese Zweifel nicht erwartet, da sie doch selbst beim FBI tätig war.

Agent 1 erwiderte: „Wir wissen nicht, was Mia für Absichten hegt. Aber im Moment können wir nicht auf ihre Hilfe verzichten. Zudem überlassen sie es uns, in Ruhe nach der Formel zu suchen.“

„Während sie sich um die Aussätzigen kümmern“, ergänzte Dina.

„Ganz genau“, stimmte Agent 1 zu. „Katie, hast du irgendeinen Schimmer, wo sich die Formel ungefähr befinden könnte?“, wandte er sich an mich.

„Nicht direkt. Nur dass das Versteck in der Nähe der Freiheitsstatue sein muss.“

„Das ist doch ein Anfang“, meinte Agent 1 und wir tigerten los.

Wir hatten ungeheures Glück, dass Sommeranfang war und die

Büsche und Bäume eine gute Tarnung boten. Nachdem wir die komplette Allee entlanggelaufen waren, erreichten wir schließlich einen leeren kreisförmigen Platz, in dessen Mitte ein hoher Mast mit der Flagge der Vereinigten Staaten thronte. Im Hintergrund war die Skyline New Yorks auszumachen. Es besaß einen Hauch von Magie, diese traumhafte Kulisse bei untergehender Sonne zu betrachten. Als wir auf die Freiheitsstatue zustrebten, hörten wir Schüsse und einen lauten Knall. Rauch stieg in die Höhe.

„Schnell, wir müssen uns verstecken", meinte Agent 7.

Hastig verließen wir den Weg und versuchten, uns hinter Bäumen und Büschen unsichtbar zu machen. Die Aussätzigen hatten wohl nach uns gesucht, waren aber vom FBI überrascht und zum Kampf gezwungen worden. Doch es waren höchstens vier Männer zu erkennen. Wo war der Rest der beiden Truppen?

Liberty Island war zu einem Kriegsschauplatz mutiert. Uns hielt plötzlich nichts mehr in unseren Verstecken. Wir rannten zwischen dem Gestrüpp hindurch unserem eigentlichen Ziel entgegen. Doch die Suche um die Freiheitsstatue herum gestaltete sich schwieriger als gedacht. Immer wieder mussten wir uns verbergen, um von niemandem entdeckt zu werden.

Da die beiden Helikopter stetig über Liberty Island hin und her flogen, um Feinde zu erspähen, beschlossen wir, uns in zwei Gruppen einzuteilen. Agent 5, 7 und Dina suchten im Außenbereich der Freiheitsstatue weiter, während Agent 1, Christin und ich uns in das Innere vorwagten.

Am Eingang des Monuments angekommen, führte eine Wendeltreppe nach oben zur Aussichtsplattform. Diese Stiege war so eng, dass wir nur hintereinander hätten laufen können. Doch zu unserem Glück gab es einen Aufzug. Er sah schon ziemlich gebraucht und leicht angerostet aus, aber wir hatten keine Zeit, den langen Weg über die Wendeltreppe zurückzulegen. So begaben wir uns in den Fahrstuhl. Auch in dessen Innenraum war an einigen Stellen zu erkennen, dass er schon mehrere Jahre auf dem Buckel hatte.

Christin drückte auf den Pfeil, der nach oben zeigte. Die Tür schloss sich. Wir spürten, wie sich der Aufzug langsam bewegte. Plötzlich wurde der Fahrstuhl durchgerüttelt wie bei einem Erdbeben. Das Licht flackerte, dann fiel der Strom komplett aus. Nichts mehr. Komplette Stille. Bis die Lampen unverhofft wieder aufflackerten.

„Was war das?“, fragte ich ängstlich.

„Keine Ahnung, aber das kann nichts Gutes bedeuten“, meinte Christin. Ich wollte erneut den Knopf des Fahrstuhls betätigen, damit wir uns weiter nach oben bewegten, doch nun sah ich, dass durch das heftige Ruckeln die Plastikabdeckung der Taste aufgesprungen war wie ein Adventskalendertürchen.

„Was ist das denn?“, fragte ich überrascht und verwirrt zugleich.

„Was meinst du?“, staunte Agent 1.

„Na, das“, antwortete ich, während ich den Zeigefinger auf die merkwürdige Konstruktion richtete. Als wäre es nicht schon außergewöhnlich genug, befand sich hinter dieser Adventskalendertaste ein kleiner roter Knopf. Meine beiden Begleiter richteten ihre Aufmerksamkeit auf diese Besonderheit.

„Was sollen wir jetzt tun?“, meinte Christin planlos.

„Ich würde vorschlagen, wir drücken ihn einfach.“ Kaum hatte ich dies gesagt, war es auch schon geschehen.

Der Aufzug brauste mit einer ungeheuren Geschwindigkeit nach unten. Der Druck, der dabei entstand, war so stark, dass wir uns gut festhalten mussten, um nicht umzufallen. Eine ganze Minute dauerte die Fahrt in den Untergrund, bis der Lift ruckartig und völlig unerwartet zum Stehen kam. Dabei wurden wir zu Boden gerissen und die Türe öffnete sich.

Mit einem leichten Übelkeitsgefühl rappelten wir uns auf und begaben uns nach draußen. Von einem Bewegungsmelder erfasst, flammten der Reihe nach mehrere Lichter auf. Wir befanden uns in einem langen Korridor mit Wänden aus grauem Stein. Die Luft roch kalt und tot. Wir zögerten kurz, liefen aber dann mutig weiter. Am Ende des Ganges teilte sich der Weg.

„Und wohin nun?“, fragte Agent 1.

„Ich würde vorschlagen, dass wir uns aufteilen“, verkündete ich.

„Bist du dir wirklich sicher, dass wir das tun sollten?“, zweifelte Christin.

„Ja. Keiner von uns kennt den richtigen Weg. Also müssen wir beide ausprobieren“, sagte ich selbstbewusst.

Agent 1 nickte nervös. „Okay, am besten wird es sein, wenn ihr beide zusammenbleibt. Also geht ihr nach links und ich nach rechts."

„Schaffst du das alleine?", fragte ich besorgt.

„Natürlich, kein Problem", presste er beinahe überzeugend hervor.

„Viel Glück", meinte Christin, dann schritten wir von dannen, genauso wie es Agent 1 vorgeschlagen hatte.

Der Gang war ziemlich lang. Am Ende befand sich eine Tür, die stark dem Tresorportal der Federal Reserve Bank ähnelte, nur ohne den Nummernblock, mit dessen Hilfe man eine Zahlenkombination eingeben musste. Dieses Mal lief es anders: Es gab einen Türgriff.

„Sei vorsichtig, Katie", flüsterte Christin, als ich nach der Klinke griff.

Die Tür quietschte laut und ließ sich nur mit einigem Kraftaufwand aufstemmen. Dabei machte sich mein verletzter Arm bemerkbar. Dieses Mal sogar noch deutlicher als sonst und erneut wurde mir fast schwarz vor Augen. Doch der Schmerz war sofort vergessen, als wir hinter dem Durchgang eine Wand entdeckten, an der eine Platte mit zwei in Zement gegossenen Handabdrücken hing. Das Ganze hatte Ähnlichkeit mit dem Walk of Fame in Hollywood. Über der linken Hand stand ein *K* und über der rechten ein *C*.

„Was soll das denn sein?" Christin war verwirrt und schon fast im Begriff, sich wieder auf den Rückweg zu machen. Sie schien motivationslos, obwohl wir kurz vor unserem Ziel standen.

Ich hingegen wollte nicht aufgeben. Nein, ich wollte wissen, wofür unsere Eltern und die Leute da draußen gestorben waren. „Halt, warte."

„Wieso, hast du eine Idee?", fragte sie schnippisch.

„Leg deine rechte Hand in den Abdruck."

„Was soll das denn bringen?"

„Dad wird sich sicherlich etwas dabei gedacht haben. Also tu es einfach", sagte ich bestimmt.

Christin befolgte meinen Befehl. Während ich meine linke Hand in den anderen Abdruck legte, fragte ich mich, woher mein Dad gewusst hatte, wie groß meine Hand zehn Jahre später sein würde.

Doch dann fiel mir ein, dass mein Dad, als ich klein war, einen Handabdruck von mir gemacht und Christin erklärt hatte, dass er durch die Handstruktur am Computer messen könne, wie groß ich vermutlich werden würde, wenn ich erst einmal erwachsen wäre. Eines musste man ihm lassen – er war ungeheuer intelligent.

Auf einen Schlag ging das Licht aus und die Formen mit den darüberliegenden Buchstaben leuchteten grün auf. Das Licht war so grell, dass es uns blendete. Zudem öffnete sich zwischen den Buchstaben ein senkrechter Schlitz, wie bei einem Bankautomaten, um Geld abzuheben. Dieser Spalt erstrahlte ebenfalls in einem satten Grün. Als würde ich auf der Leitung stehen, verstand ich zunächst nicht, wozu dieser dienen sollte.

„Schieb die silberne Karte hinein, Katie", forderte mich Christin auf.

„Natürlich, daran habe ich gar nicht gedacht", entfuhr es mir. Mit einer Hand suchte ich in meiner Jacke nach der silbernen Karte, wir wussten ja nicht, ob wir die Verbindung unterbrechen durften. „Na endlich, hier ist sie."

Gespannt schob ich die Karte in den Spalt. Daraufhin bewegte sich die Wand nach oben, schnell zogen wir unsere Hände weg. Ein etwas grelles blaues Licht leuchtete dahinter auf. Ich konnte nicht glauben, was ich dann erblickte. Ein kleiner goldener Memory-Chip war auf einer Art Podest gebettet. Richtig dramatisch sah es aus, wie er von den blau schimmernden Scheinwerfern angestrahlt wurde.

„Oh, Dad", murmelte ich zu mir selbst. Ich fiel meiner Schwester um den Hals. Eine ganze Weile umarmten wir uns immer wieder. Wir konnten es nicht fassen.

Irgendwann beschloss Christin, Agent 1 und die anderen über unseren Fund zu unterrichten. „Bleib hier, ich bin gleich wieder da." Das waren ihre letzten Worte an mich, bevor sie lossprintete.

Als meine Schwester nach einer halben Stunde immer noch nicht zurück war und ich alleine neben dem Podest stand, beruhigte ich mich: „Okay, das braucht eben etwas länger, keine Panik, sie ist eine FBI-Agentin. Sie kann auf sich aufpassen."

Doch nachdem eine weitere Viertelstunde vergangen war, machte ich mir ernsthaft Sorgen. Ich stand auf, rannte den extrem langen und breiten Gang zurück bis zu dem Punkt, an dem wir uns von Agent 1 getrennt hatten. Dort blieb ich stehen und blickte in Richtung Aufzug. Was ich dort sah, konnte ich zunächst nicht glauben.

Drei Aussätzige lagen tot auf dem Boden. Dina, unsere verbündeten Agenten und Christin saßen im offenen Lift auf dem Boden. Ihre Gesichter waren blutverschmiert und sie flehten immer wieder: „Nicht schießen, bitte!"

Vor dem Fahrstuhl stand ein Aussätziger mit einer Maschinenpistole im Anschlag. Er hatte mich noch nicht bemerkt. Nun stand ich vor der Wahl, mein Leben zu riskieren, um meiner Schwester und meinen Freunden zu helfen, oder auf ewig von der Gewissheit gequält zu werden, es eben nicht getan zu haben. Kurz bevor der Aussätzige das Feuer eröffnete, hörte man einen Schuss. Der Mann torkelte zwei Schritte nach vorne, dann fiel er um und war tot.

„Katie!", schrien Dina und Christin gleichzeitig, beide rannten auf mich zu und schlossen mich in ihre Arme. Noch immer hielt ich die Pistole, mit der ich den Aussätzigen umgebracht hatte, in den Händen.

Doch ich wich ihrer Umarmung aus und lief, einer Ahnung folgend, zu dem maskierten Aussätzigen, den ich gerade umgebracht hatte. Ich nahm ihm die Maske ab. Und tatsächlich: Vor mir lag Drake. Blut floss ihm über das Gesicht, seine braunen Augen waren geöffnet und schauten mich direkt an. Ich sank verzweifelt auf die Knie.

Die anderen beobachteten ratlos mein Verhalten, nur meine Schwester verstand, was ich soeben getan hatte. Schwerfällig erhob ich mich und ließ mich von Christin in den Arm nehmen. Ich fühlte einen dumpfen Schmerz in meinem Herzen. Doch noch immer konnte ich nicht weinen. Ich musste nun nicht nur die Last tragen, jemandem das Leben genommen zu haben, sondern zusätzlich mit dem Wissen fertig werden, dies meiner ersten Liebe angetan zu haben.

Ja, ich liebte ihn immer noch, auch wenn er mich betrogen hatte und nur mit mir zusammen gewesen war, um mich auszuspionieren. Gegen die Liebe ist man machtlos. Aber ich musste ihn erschießen, er hatte immerhin meine Freunde und meine Schwester bedroht.

Es war bereits dunkel, als wir das Innere der Freiheitsstatue verließen und gerade noch mitbekamen, wie die übrigen Aussätzigen vom FBI abgeführt wurden. Ein Rettungshelikopter landete auf der Insel und brachte uns ins Krankenhaus zu Joe und Glen.

Nachdem wir uns alle erholt hatten, verriet ich dem FBI das Versteck der geheimen Formel. Diese wurde als zu gefährlich eingestuft und vernichtet.

Doch Mia war nun einmal Sicherheitschefin des FBI und musste tun, was das Gesetz vorschrieb. Deswegen wurden wir drei Jahre später vor Gericht gestellt: Christin, unsere verbündeten Agenten, Dina, Joe, Glen, die verbliebenen Aussätzigen und natürlich ich ...

17

„Das war die ganze Geschichte aus meiner Sicht, Euer Ehren“, schloss ich nervös und zugleich erleichtert, meine Aussage endlich hinter mich gebracht zu haben.

„Vielen Dank. Das war sehr aufschlussreich. Sie geben also zu, Katie Smith, Drake Coleman erschossen zu haben?“

„Ja, Euer Ehren.“

„Bereuen Sie es, dies getan zu haben?“ Die Richterin blickte mich durch ihre Brillengläser aufmerksam an, während der dunkelbraune Pony, der ihr ins Gesicht hing, und der knallrote Lippenstift nicht recht zu ihrer strengen Miene passen wollten.

„Nun ja ...“ Ich zögerte und senkte den Kopf, während ich kurz überlegte. Dann sah ich wieder auf und blickte die Richterin ebenfalls direkt an. „Nein, Euer Ehren. Ich bereue es nicht, dies getan zu haben. Er hätte ansonsten meine Schwester und meine Freunde erschossen. Wenn ich es nicht getan hätte, würde ich heute ganz allein hier stehen. Oder vielleicht noch nicht einmal das.“

„Ich verstehe.“ Sie notierte sich etwas. „Ist es wahr, dass Sie sich den Befehlen des FBI widersetzt haben, sogar mit einer Waffe gedroht und einen Jeep unerlaubt entwendet haben?“

„Ja, Euer Ehren. Das ist wahr.“

„Bereuen Sie es, dies getan zu haben?“

„Nein, Euer Ehren. Auch das bereue ich nicht.“

„Nun gut. Da ich nun von allen Beteiligten eine Zeugenaussage erhalten habe, wird sich das Gericht zurückziehen, um ein Urteil zu fällen.“

Die Anwesenden erhoben sich, als das Tribunal den Raum verließ. Ich trat aus dem Zeugenstand und ging zurück zu meinem Platz.

„Gut gemacht, Katie“, lobte mich Dina. Ohne ein weiteres Wort marschierten wir aus dem Gerichtssaal.

Eine halbe Stunde später verkündete die Richterin das Urteil. Nervös saß ich neben meinen Komplizen, wir waren alle aufgeregt.

„Das Gericht ist zu folgendem Urteil gekommen."

Wir fassten uns an den Händen.

„Die Agenten 1, 5, 7 und 17 – Christin Smith – befindet das Gericht für nicht schuldig, da sie zwar unerlaubt Gefangene freigelassen, bei der Flucht Mithilfe geleistet und sich zudem den Befehlen ihrer Vorgesetzten Mia Thomas widersetzt haben und für den Tot zahlreicher Aussätziger verantwortlich sind, sie dennoch zum Wohle der Menschheit gehandelt haben. Jedoch werden sie nie mehr für den FBI arbeiten dürfen und werden mit sofortiger Wirkung, aus den Diensten des FBI entlassen. Die Herren Wissenschaftler, Paul Brown, Peter Firestone und Albert Carter, soweit ich weiß, sind sie die einzigen Überlebenden in diesem Fall, werden zu lebenslanger Haft verurteilt und zusätzlich zu 1000 Sozialstunden. Da sie nicht nur die nationale Sicherheit gefährdet haben, sondern auch das Leben jedes einzelnen Bürgers bedrohten. Zudem sind sie verantwortlich für den Tod von Sara und Tom Smith sowie Rachel Anderson. Sie können sich glücklich schätzen, ein so mildes Urteil zu erhalten. In anderen Staaten würde man hier die Todesstrafe in Betracht ziehen."

Die Richterin holte tief Luft. „Kommen wir nun zu Joe Blair. Da Sie in keinem Fall mit einer Waffe hantiert oder jemanden verletzt haben, ganz im Gegenteil sogar selbst Blessuren davontrugen, aber sich dennoch dem FBI widersetzten , müssen Sie 200 Sozialstunden abarbeiten und mit einer Geldstrafe von 1500 Dollar rechnen. Dina Johnson erhält eine Geldstrafe von 2500 Dollar und 300 Sozialstunden, da sie dem FBI gegenüber handgreiflich wurde."

Nun folgte mein Urteil: „Katie Smith, die nicht nur handgreiflich gegenüber dem FBI geworden ist, sondern auch das Leben von Drake Coleman auf dem Gewissen hat, erklärt das Gericht für nicht schuldig. Obwohl das Todesopfer ein Mitglied der verrückt gewordenen Wissenschaftler war und das Leben anderer gefährdet hat. Im Normalfall müssten Sie für eine solche Tat acht Jahre ins Gefängnis. Da dies aber ein spezieller Fall ist, betrachten wird dies als Notwehr. Allerdings ordnen wir eine einjährige Therapie gegen ihr Trauma an. Ab morgen werden Sie mit dieser beginnen. Die Verhandlung ist hiermit geschlossen."

„Was? Das ist kein gerechtes Urteil!", brüllte Joe.

„Das können Sie nicht machen!", fügte Dina hinzu.

„Verlassen Sie bitte den Saal", befahl uns ein Polizeibeamter. Als wir nicht sofort reagierten, wurde er handgreiflich „Bitte, verschwinden sie jetzt!", wiederholte er genervt.

Christin und ich gingen, ohne ein Wort zu sagen, gefolgt von den anderen hinaus. Wir beide wussten, dass wir dieses Urteil nicht ändern konnten.

„Katie, das können wir denen doch nicht durchgehen lassen", fing Joe zu argumentieren an.

Doch ich antwortete nicht. Aus irgendeinem Grund störte mich dieses Urteil nicht.

18

Eine Horde von Journalisten, Fernsehteams und Fotografen wartet darauf, dass wir den Internationalen Gerichtshof von New York verlassen. Wie schnell es sich in der Presse verbreitet hat, dass Tom Smiths Töchter verurteilt wurden. Doch nur mir stellen sie Fragen wie „Glauben Sie, die Strafe ist gerecht?“ oder „Wie verkraften Sie das alles?“. Sogar den Kommentar „Wie können Sie mit dem Gedanken leben, jemanden umgebracht zu haben?“ konnte sich jemand nicht verkneifen.

Christin bemerkt, dass mir diese Aufmerksamkeit unangenehm ist, und geht dazwischen: „Keine Fragen!“

Blitzlichtgewitter erschwert mir den Gang zum Wagen. Journalisten drängeln. Meine Freunde versuchen, den Weg frei zu machen.

Erst als ich im Auto sitze und die Fotografen dabei beobachte, wie sie besessen versuchen, Fotos zu machen, antworte ich: „Das Urteil ist gefällt, Joe.“

„Ja, es ist gefällt“, wiederholt er traurig.

Christin hupt dreimal kräftig, dann erst machen die Journalisten den Weg frei und wir können losfahren.

Erst nach einer halben Stunde bemerke ich, dass wir gar nicht nach Hause fahren. Ich blicke erstaunt aus dem Fenster und sage zu meiner Schwester: „Du, das ist aber der falsche Weg nach Hause.“

„Ich weiß. Du musst vorher noch etwas erledigen.“

„Was? Ich muss nichts erledigen.“

Dann hält sie an und dreht sich um. „Doch, ganz dringend sogar. Los, steig aus.“

Zögernd folge ich ihrem Befehl und steige aus dem Wagen aus. Erst jetzt stelle ich fest, wo wir uns befinden: am Eingang des St. Paul's Chapel Friedhofs.

Ruckartig drehe ich mich um. Christin, die ebenfalls ausgestiegen ist, nickt mir zu. Ich begreife nun, was sie von mir verlangt und was ich insgeheim auch selbst von mir verlange. Einen Besuch am Grab meiner Eltern.

Ich atme tief ein und aus, bevor ich den Boden der Todesstätte betrete. Die anderen folgen mir nicht, denn das ist etwas, das ich alleine schaffen muss. Ich spüre, wie mir mein Herz bis zum Hals schlägt. Nach einigen Minuten des Suchens finde ich das Grab schließlich. Zögerlich stelle ich mich davor. Es scheint so irreal, aber dennoch bin ich hier. Nie hätte ich gedacht, einmal die Kraft aufzubringen, um hierherzukommen. Am Grabstein ist ein Foto meiner Eltern befestigt. Seit ich die Kette auf dem Dachboden fand, hatte ich mir kein Bild der beiden angesehen, denn es tat zu weh. Gedanken an früher schießen mir durch den Kopf. Weihnachten, Geburtstage, die Einschulung meiner Schwester, das gemeinsame Lachen und Weinen, all diese Dinge, die für jeden so selbstverständlich sind. Sie sind für mich bis heute die wertvollsten Erinnerungen, die ich besitze.

Ich lache, aber ich spüre gleichzeitig, wie mir eine Träne über das Gesicht läuft. Erschrocken wische ich sie mit dem Handrücken weg. Schon Sekunden später weine ich, wie ich es zuletzt getan habe, als ich vier Jahre alt war. Es fühlt sich erleichternd an.

Ich kann wieder weinen, meine Gefühle offen zeigen.

Traurig sinke ich auf die Knie, das tat gut. Langsam fühle ich, wie wieder Leben in meine tote Seele eindringt. Ich verbringe noch eine Ewigkeit an diesem Grab, bis es zu regnen anfängt. Dann stehe ich auf, verabschiede mich von meinen Eltern und laufe zurück zu meiner neuen Familie, zu der ich meine Freunde dazuzähle.

Es mag ein wenig verrückt klingen, aber es war wohl kein Zufall, dass ich die Kette damals gefunden habe. Dafür bin ich dankbar, denn wenn dies nicht passiert wäre, hätte ich nie meinen inneren Frieden gefunden, nach dem ich mich so sehr gesehnt habe.

Obwohl ich dafür schmerzhafte Opfer bringen musste.

Spike starb an den Folgen des Angriffs, schon wenige Stunden nachdem ich das Krankenhaus verlassen hatte. Und Rachel hat eine angemessene Bestattung bekommen. Doch von Skip haben wir nie wieder etwas gehört.

Die Autorin

Julia Thurm wurde 1995 in Friedrichshafen geboren, wo sie auch aufgewachsen ist.

Nachdem sie ihren Werkrealschulabschluss erfolgreich absolviert hatte, machte sie ein FSJ in einem Kindergarten. Danach besuchte sie das einjährige Berufskolleg für Digital und Printmedien.
Aktuell ist sie dabei, ihre Fachhochschulreife zu machen.

Unser Buchtipp

Henriette Reinke
Der Stein der Aphrodite
Die Laurinchroniken Teil 1

Taschenbuch, 188 Seiten
ISBN: 978-3-86196-404-9

Bis zur letzten Sekunde hat die 17-jährige Melanie Maiwald sich mit Händen und Füßen gegen den Umzug ins bergige Südtirol gewehrt. Denn ein Leben allein mit ihrer frisch geschiedenen Mutter auf Oma Maggies Bauernhof ist so gar nicht nach ihrem Geschmack. Bis plötzlich der attraktive Leo mit seinem silbernen Haar auftaucht. Und auch der Junge mit den stechend grünen Augen, den nur sie wahrzunehmen scheint, beginnt, ihr das Leben zu versüßen. Doch was für eine Rolle spielt die Malachitkette dabei, von welcher beide so besessen zu sein scheinen? Ist sie wirklich ein ganz gewöhnliches Mädchen, wie sie immer angenommen hatte? Als ihr die Erklärungen für die seltsamen Geschehnisse ausgehen, muss sie sich das Unausweichliche eingestehen: All die mystischen Erzählungen, die sich um die Sagenwelt Südtirols ranken, scheinen wahr zu sein. Um ihrer Bestimmung gerecht zu werden, bedarf es mehr als eines großen Stücks vom Glück.

www.ingramcontent.com/pod-product-compliance
Lightning Source LLC
LaVergne TN
LVHW091323190726
843491LV00002B/540

9783861965947